龍應台

這個動盪的世界

序

肥皂泡泡

柏林圍牆垮下來、共產制度崩潰的時候，我在柏林。

蘇聯政權動搖、俄羅斯萬人示威的時候，我在莫斯科。

以色列和巴勒斯坦準備簽訂和平協定而舉世矚目的時候，我在加薩走廊和耶路撒冷。

蘇聯的軍隊最後一次從古巴撤軍，古巴因失去所有資源挹注以至於陷入近乎絕境而思考轉型的時候，我在哈瓦那。

好像冷戰終於結束了，好像和平終於到來了，好像自由和繁榮終於確定了，人人感動、歡欣。作夢也夢不到，三十年前這幾個讓全世界人心沸騰、熱淚盈眶且充滿期待的關鍵歷史轉折點，在三十年後，竟然走到今天的局面：

普丁入侵烏克蘭，爆發二戰後歐洲最大規模的陸戰。俄羅斯兵困民之而烏克蘭家園盡毀。戰後一直恐戰避武的德國，在西方各國的要求下劇增國防預算一千億歐元。國內右派勢力迅速強大，美俄之間的選邊站成為選票競爭的政治訴求，東西間諜開始重新在維也納活躍。

巴勒斯坦的激進派哈瑪斯發動了令人髮指的恐怖攻擊，而以色列對加薩走廊回報以滅絕式的摧毀，這次摧毀到了一個前所未有的維度，使得南非正式到海牙國際法庭控告以色列犯了「種族滅絕」的大罪。

這個罪名，使國際社會吃了一驚，因為，諷刺性太強大了。「種族滅絕」這個詞，一向讓人們想到的，是六百萬猶太人被殺的悲慘歷史。現在，猶太人被指控進行對巴勒斯坦人的「種族滅絕」。

只有古巴，三十年如一日。三十年前蘇聯瓦解造成它的經濟大倒退，全民排隊買糧食、買雞蛋、買汽油。沒想到的是，三十年後，它的國民仍舊在每天花很多個小時排隊買糧食、買雞蛋、買汽油。

三十年前我所見證的，是長達五十年的冷戰的結束。今天我們所目睹的，是冷戰的死灰復燃，而且以漫天烽火的焦土方式。難道三十年前的抉擇和期待，都太天真了嗎？

一九九〇年前後，蘇聯的結構已經岌岌可危，然而，是不是讓它瞬間瓦解，不是沒有辯論的。就以美國為例，布希總統身邊的兩個人，就有完全不同的看法。國防部長錢尼主張盡一切力量加速蘇聯的崩潰，掌外交的貝克卻堅決反對，他認為，蘇聯手中有三萬五千個核武，散落在蘇聯各個地方，一旦蘇聯崩潰，這些核武將分別落入完全無法掌握的權力手中，非常可怕。

當美國高層還在辯論的時候，烏克蘭逕自訴諸獨立公投。一九九一年十二月一日公投的結果是，百分之九十的投票者選擇獨立。在絕大多數地區，支持獨立的佔百分之九十以上，但是在克里米亞，只有百分之五十四。克里米亞人的認同不同於主流的烏克蘭人，在這裡已有前兆。二〇一四年，俄羅斯出兵佔領克里米亞。

對這樣的公投結果，當時的美國駐俄大使史特勞斯特別對華盛頓提醒：「整個一九九一年，對俄羅斯而言，最震撼的也許還不是共產主義的崩潰，而是烏克蘭的獨立。俄羅斯整個社會，不論什麼階層、什麼身分，都覺得，失去烏克蘭，他們失去的是他們自己的一部分，最貼身、貼心的一個部分。」

在這個舊秩序潰散而新秩序紛亂不清的時候，駐東柏林的蘇聯情報工作人員普丁從瓦解了的東柏林回到了動盪中的莫斯科，逐漸嶄露頭角而至掌握大權，他認為，蘇聯的瞬間瓦解是二十世紀最大的「悲劇」。倉促的解體，他說，使得兩千五百萬俄羅斯人，分散在各個前蘇聯國度，一覺醒來赫然發現自己已經成為少數民族。他在三十年後出兵烏克蘭，最容易的藉口之

——就是，當地的俄羅斯同胞受到壓迫和歧視。

以色列和巴勒斯坦在三十年前幾乎就要正式簽約，以巴相互承認，容許巴勒斯坦建國，同時巴勒斯坦停止恐攻，但是當全世界都在屏息期待的時候，以色列一個反對和談的年輕人槍殺了總理。三十年後回頭看，以巴的相互殺戮，三十年來，沒有一天停止過。

百萬人高舉拳頭呼喊而後柏林圍牆崩塌，我看見人們因為欣喜而淚流滿面。莫斯科二十萬人在軍隊可能開火的恐懼中上街示威，吶喊自由，吶喊的人一面喊一面哭。以色列穿著黑衣的母親們，每個週五聚集在街頭，一言不發，用靜默呼籲和平。

但是，在大家都以為和平有望的時候，希望就像個肥皂泡泡，色彩繽紛可愛，但是一吹就破。

為什麼人們當時對未來的樂觀和期待，對證三十年後的殘忍暴力，差距如此之巨大呢？

會不會是因為，在我們為某一種價值的肯定施放煙火、滿城歡騰的時候，我們忘記了一件事：在一個特定結構中，一部分人的獲得，往往是另一部分人的失去，某一種價值的肯定，往往是另一種價值的否定；三十年後，那些被我們忘記了、忽略了、甚至踩在腳下的人，緊抱著他慘痛失去了的價值，衝上前來，造成新的暴力？

之所以將三十年前走過歷史「現場」的文章重新整理出來，是希望，透過三十年的前後對照，新一代的人能體會，如果不認識過去走過的路，我們其實並沒有真的理解此刻正在發生的事情。所有的殘酷和暴力，都有來源，都有脈絡。多瞭解一點來源和脈絡，或許我們在抉擇的時候，可以更周全，更體恤，更有長程、宏觀的思慮。

龍應台 於都蘭

GAZA

Sep 1993, 2 weeks after Arafat & Rabin shook hands in D.C., your mother went to Jarusalem & the Gaza Strip. She was there for a week, stayed in the King Solomon Hotel and often went to the American Colony Hotel to send faxes and eat dinner. Your mother came back, when your father flew to N.Y.

離開塵土飛揚的加薩走廊，回到法蘭克福的家，一頭捲髮、不滿四歲的飛力普飛奔過來擁抱。

當晚，在他專屬的「長大日記」裡，寫下了這一段，給未來的他：

> 「一九九三年九月，阿拉法特和拉賓在華府握手之後兩週，你媽飛到耶路撒冷和加薩走廊。
>
> 她在那裡停留了一週，住在『所羅門王飯店』，也常常走到『美國殖民飯店』去發傳真、吃晚飯……」

三十年後的此時此刻，照片上的加薩，已成焦土廢墟，襤褸騾馬上的人，輾轉溝壑。

目次

只想種下一棵樹——走過疲憊的巴勒斯坦

要卡斯楚還是切格瓦拉——走過「非常時期」的古巴

敞開家門歡迎你

走過莫斯科

一九九一年十二月二十五日，克里姆林宮上飄揚的蘇聯國旗，最後一次從旗桿上降了下來。這面國旗，紅色的底象徵革命，鐮刀是農民，鐵鎚是勞工，一顆星代表全世界勞動者大團結。這幾個價值，幾乎壟斷了二十世紀半個人類世界。

在這一天冉冉升上旗桿的，是俄羅斯的三色旗。莫斯科的記者告訴我：白，象徵和平；藍代表信仰；紅，指的是對祖國的熱愛。

一九八八年十月到一九九〇年三月之間，蘇聯解體的前夕，我接連去了莫斯科兩次，目睹一個現代大帝國從地表消失之前的最後時刻。

蘇維埃社會主義共和國聯盟

芬蘭
俄羅斯
瑞典
挪威
愛沙尼亞
拉脫維亞
丹麥
立陶宛
白俄羅斯
德國
波蘭
哈薩克
捷克
烏克蘭
斯洛伐克
奧地利
匈牙利
摩爾多瓦
斯洛維尼亞
義大利
克羅埃西亞
羅馬尼亞
波赫
塞爾維亞
烏茲別克
蒙特內哥羅
保加利亞
喬治亞
馬其頓
亞美尼亞
亞塞拜然
土庫曼
阿爾巴尼亞
希臘
土耳其

一關過一關

蘇聯駐西德大使館的鐵門前，有一個小房間，那是簽證的地方。和別的國家一樣，發給簽證的人和需要簽證的人隔著一扇玻璃窗；和別的國家不一樣，蘇聯這一扇玻璃是一面障眼的鏡子——裡頭的官員可以清楚地看見你，你卻看不見他，完全是「敵暗我明」的設置。

輪到我了。「藏鏡人」卻將我的證件粗魯地推出來，冷冷地說：

「台灣護照，不能辦觀光簽證。沒有外交關係。下一個！」

跟一個你看不見的人理論就好像跟影子打架。我張口結舌地試圖說服這有權威的影子，影子卻把證件推得更遠。用德語不會罵人，於是我改用英語：

「你這個人真是蠻橫無理。電話上不跟我說明白，讓我訂了旅館、買了機票，現在才說不行。簡直可惡！」

影子靜默了一會，伸出手取回證件，竟然客氣地說：

「我會給莫斯科外交部電話，要等他們決定。但我相信是不可能的。」

所有不可能的都變成了可能，就是今天的莫斯科。五天之後，外交部來電，給了台灣人觀光簽證。

到了蘇聯，排山倒海而來的第一印象，就是社會主義國家的低效率，躲都躲不過。

機場的各個門口，聳著肩的男人在暗淡的燈光下徘徊，用眼睛打量外國來客。大部分是沒有營業執照的司機，來賺取外快。

「二十塊美金到宇宙大飯店。不要盧布。」

幾天大雪，機場外面像個劫後地區，骯髒的雪泥堆成小丘，把汽車埋在裡頭。每一輛汽車都包著一層黃泥。透過泥濘的玻璃窗，看夜晚的莫斯科，莫斯科在泥濘的覆蓋之下。車輛過處，泥濘噴濺，穿著厚重大衣的行人在雪泥中跋涉。

飯店接待櫃台前，已經排著長龍，疲倦的旅客爭著一張床。站了一個小時之後，輪到我。取出事先付款過的旅館訂單，接待服務員卻搖搖頭：

「不是正本！不算數！」

「正本被你們大使館收走了。只有副本，怎麼不算數呢？」

「不算數就是不算數！我們只認正本！」

好了！你知道事情總會解決的，不必絕望，但是已經在路上奔波了六個小時，排了一小時隊，然後還要打起精神來和服務員理論、求情、憤怒……算了！

提著行李，離開飯店。我知道簽證上寫著：「外國人抵達蘇聯，必須逕自前往預定地點，並立即申報流動戶口登記。」動盪中的莫斯科，大概可以不管它了。

坐在大廳裡，想打電話給其他飯店，可是我忘了，莫斯科沒有電話簿這種東西，電話從何打起？而事實上有了號碼也沒有用，因為旅館並不個別做生意，招徠客人，而是由一個中央機構，叫做 Intourist 統籌分配旅客。

一年幾百萬的旅客，都由一個中央機構來排列組合，分配到各個旅館去。在 Intourist 的櫃台前，又等了兩個小時。

又被「分配」到宇宙大飯店。

這是莫斯科最豪華的旅館之一。

「飯店裡有傳真機設備嗎？」

小姐搖搖頭，「沒有。」

於是到外面奔走，四處打聽哪裡有可用的傳真機。精疲力盡地回到飯店裡，在大廳買報時卻發現那兒就有專門為旅客傳真的部門。

打個國際電話吧！

先排隊，輪到你了，填表格。填完了，什麼時候可以打歐洲？

「今天申請了，明天可以接通。」

「大概幾點？」

「明晨七時。」

「不行啊，那是歐洲的清晨五點，太早了，可以換別的時候嗎？」

「不行，就分配到這個時候。」

第二天清晨七點半，電話響了，接線生說：「西德電話。請你將話筒暫時掛上。」話筒掛上了，卻從此再無消息。一切重新開始；排隊、填表、等待、等待、等待……

到商店裡買個東西吧！

進了擁擠的店，你要排三次隊：第一次，排隊等著看櫃台裡有什麼東西。一個小時過了，輪到你。看中了一樣東西，去排另一次隊——付錢。一個小時又過了。付完了錢，你取得的卻不是你要的東西，而是收據；拿著收據，你得去排第三次隊，取東西。一個小時又過了，你終於得到了那個東西，大概是一盒洗髮精。

莫斯科有條街

到了阿貝特街，你才知道，為什麼莫斯科街頭冷清清的；人，都在這裡，在暖洋洋的阿貝特街。

十月的莫斯科，沒什麼陽光，好像所有的陽光，在這個星期六的早晨，也聚攏到這一條街上來了，阿貝特街。

你不斷地和漫遊的人們擦肩而過，不時要斜著身子免得和對面的人撞個滿懷。在斜身的一刻，突然感覺到油然而生的快樂；能夠在一條窄窄的街上，無所事事地和陌生人摩肩擦踵，知道他們也無所事事，只是為了一街懶懶的陽光而來，知道在你們幾乎撞個滿懷的剎那，你對他毫無戒備，他對你毫無芥蒂，這不是幸福嗎？

詩人

滿臉鬍鬚的父親牽著幼兒的手排隊等買冰淇淋。用眼睛笑著的女郎把頭倚在情人的肩上。一個年輕人在賣花，黃色的玫瑰花。沿街的牆角上立著一張張框好的畫，懷才未遇的畫家也倚著牆根，把臉朝著太陽，閉上了眼。一個酒糟鼻老頭穿著件軍夾克，纏著路人要解說他衣領上每一個勳章的故事。

前面有密密一圈人，你斜著肩擠進去。

圈子中間站著一個年輕人，腳趿著雙破舊的運動鞋，個子高瘦，長手長腳的，在群眾專注的眼光照射下，好像有點不知所措。他削瘦的臉頰顯得蒼白。你不知道他要做什麼。

他開始了。他的聲音，由低沉轉而高昂，聲音裡似乎有一條繩索，套著圍聽的群眾，把他們向中心一點一點拉進。他的臉上有了血色，黑沉沉的眼睛裡好像凝聚了燃燒的炭火。阿貝特街流動著人聲喧譁，這個角落卻在潮流之外自成一個內聚的漩渦。

他在朗讀自己的詩。

他念完了一首，群眾狂熱地鼓掌，等候下一個詩人踏進圈子。

朋友在你耳邊解釋詩的內容：批評蘇聯在阿富汗參戰[1]，渴望和平、自由、人權，要求心靈的解放，思想的解禁……

可是你沒有聽見，你好像中了魔一樣，眼睛直直地看著念詩的青年，看見他深邃的眼睛逐漸湧上了淚水，看見聽詩的群眾神情凝重肅穆，好像面對著這世界上唯一的、重要的事情。

你覺得暈眩，感覺是一個你以為死了多年的人驀然站在陽光耀眼的大街上和你談今天中飯吃了些什麼。

詩，不是早就死了嗎？他的骸骨不是早就被遺忘，不佔地方的，一頁一頁夾在灰撲撲的書店角落裡？你也知道，偶爾，他的化妝師或祭師會把他的骸骨撿出來，對他的過去生平作一番討論、比較、定位、翻案等等，但是這些，也都必須在和殯儀館一樣重要的地點舉行才行——譬如大禮堂、演講廳。來觀禮的人們即使不穿著適合葬禮的服裝，至少也帶著適合追悼的心情而來；他們心裡明白自己面對的是個已死的存在……

你萬萬沒有想到，在這個大家都說沒有春天的北國絕境裡，詩，還熱騰騰地活著。機械廠的工人、大學裡的學生，把詩打在一頁頁粗糙的紙上，碰到一個有太陽的星期六，就跑到阿貝特街上，找到一面斑駁的牆，把詩頁一張一張貼起來。人往馬路上一橫站，對著晴天就朗聲把詩念出來。人們圍著詩牆也圍著詩人，有的還穿著工人褲，有的提著菜籃，有的讓小孩騎在肩

1 一九七九年十二月蘇聯入侵阿富汗，與當地反政府的阿富汗抵抗組織「聖戰士」作戰，戰事長達九年，直到一九八九年撤軍。因此付出慘痛代價，成為日後蘇聯解體的重要因素之一。

上。沒有人穿著禮服來聽詩。

最後一個詩人也念完了。群眾紛紛買詩。挑選自己喜歡的，一張詩一個盧布。你對那個黑眼睛的年輕人說你要他的一首詩，他卻放了厚厚一大疊在你手掌上。

「我寫了這麼多。」他靦腆地說。

「可是我不懂俄文呀！」你愧歉地說。

你給了他一個盧布，取了一頁詩。

有人碰了下你的手肘，是個中年男人，挺著巨大的啤酒肚子，他對著你說：

「從外面來的客人，你一定要把我們的真實情況告訴外面的世界。你一定要把社會主義的真相說出去。」

復仇

不遠處有鑼鼓音樂傳來，你已經被洶湧的人潮捲到了街口，街口站著個圓柱，貼滿了花花綠綠的巨幅廣告。你的眼睛立刻就看到兩個觸目的英文字：

「鐵幕！」

拿穩了手心裡的詩卷，聽見喬瑪說：

「到了！」

就是這裡？

「按照他書裡的描寫，」滿臉絡腮鬍的喬瑪說：「應該就是這棟樓。」

從弄堂穿過，來到了安靜的天井，阿貝特街上的喧聲就溶入了遠景。這是棟八層高的老房子，究竟哪一扇窗子是瑞巴可夫[2]和薩沙住過的呢？

一個包著黑頭巾的老婦人打開了一扇窗，抖動她的毯子，又把窗關上。

她不就是薩沙的母親嗎？

你是記得薩沙的。

不到二十歲的薩沙，純潔而正直，對社會主義建國充滿理想和抱負，理所當然，他是共青團的優秀忠貞青年。正由於他的理想和抱負，他批評了一個以政治意識掛帥的老師，又在學校壁報上作了首打油詩，他被開除了學籍，從此變成一名「思想有問題」的政治嫌犯，莫名其妙地被逮捕，莫名其妙地被監禁，終而流放西伯利亞。

瑞巴可夫所創造的薩沙其實是他自己，還有三〇年代阿貝特街上那些無憂無慮的少年們。

2 瑞巴可夫（Anatoli Rybakov，1911-1998），俄國作家，出生於莫斯科的阿貝特街五十一號。一九三四年曾因反革命罪名而遭史達林政權放逐到西伯利亞三年。自傳體小說《阿貝特兒女》描寫三〇年代俄國社會遭禁，直到一九八八年戈巴契夫時代才得以問世。

史達林掌權之後，白色恐怖無聲無息地鑽進了人們溫暖的被褥裡。無憂無慮的少年們開始在半夜裡失蹤。忠貞的老黨員突然發覺自己已成為「人民的敵人」。在國家利益的大前提之下，像薩沙那樣微小的個人一個一個被抹掉了，像小蟲一樣，被一隻看不見的手。

有多少像薩沙那樣被抹掉的個人？歷史學者說，在一九三四到一九三八的短短四年之間，八百萬蘇聯公民被逮捕，罪名都是「反革命」、「叛亂」。至少有五十萬人被槍斃。

你也聽波蘭人說，兩萬多波蘭軍警人員和社會菁英在一九三九年蘇聯入侵波蘭時被俘虜，然後集體人間蒸發。戰爭中，有人發現在卡定河邊有萬人塚，蘇聯政府說是德軍幹的。卡定河邊的老村民卻說：

「騙鬼！我在德國人打進來以前就知道那兒有個萬人塚[3]。」

七十八歲的作家瑞巴可夫說：

「現在我總算明白了為什麼身歷萬劫我卻不死。我活下來，就是要為那枉死的人見證復仇。」

他復仇的寶劍只是一枝筆。在一個百般禁忌、人人耳語的社會裡，你發現，連小說也活得狂熱，發高燒似地狂熱。八八年二月，精裝本的《阿貝特兒女》上市之後兩天內售空：五十萬本。沒買到書的人只好到黑市去買，一本兩百美元，大概是一個工人的月薪。到八八年年底，書已經印了兩百五十萬本。

反撲

你明白這些人不是為自己買一點可有可無的消遣，就像阿貝特街頭駐足聽詩的人不是在觀賞一場風雅的表演。聽詩，是給禁錮的精神鬆綁的片刻；讀瑞巴可夫的小說，是給心靈療傷吧？那曾經跋涉到西伯利亞千里尋夫的妻子，那半夜裡眼看著兒子被逮走的母親，那接到通知往監獄領屍的父親，幾十年來小心謹慎地活著，幾十年來那欲流的淚不曾流出、淤積的血不曾放出。瑞巴可夫的寶劍劃開了傷口，讓淚水和著血水傾洩出來。

而史達林時代的人生，雖然發生在遙遠的年代、陌生的國度，你卻隱隱覺得似曾相識，彷彿有幾道日光射到了記憶叢林中陰濕的角落。半夜兩點，年輕的薩沙被陌生人帶走了。你闔上書，記起小學時的算數老師，平常愛說愛笑愛摸小朋友的頭，有一天，被幾個穿便服持手槍的陌生人追捕，從樓下追到樓上，到五年四班的教室——你的教室——就從窗子跳下去了。死了。你和其他小朋友驚懼地擠在窗口，探頭探腦地，聽見大人說：「匪諜！是匪諜！」

你以為自己早已忘了的小事，竟然像游絲一樣突然在日光裡閃了一下；你想起高中同學兩

3　俄羅斯政府於二〇〇四年承認卡定萬人塚的殺戮為蘇聯所為，但是一直到二〇一〇年才由俄羅斯國會正式譴責史達林及其同夥。

眼紅腫地告訴你，哥哥昨夜被陌生人帶走了，還帶走了他的日記和書。你想起天真單純的大學時代裡，總是有人耳語什麼系的什麼人失蹤了。你和其他天真單純的大學生一樣，帶點驚訝地說：「真的？看不出來呀！」說完，也就忘了。

薩沙白髮的母親在絕望中對一個老共產黨員說：「你們對無辜的人，對無力自衛的人舉起了刀劍，你們自己也必將死於刀劍之下……你不肯保護一個無辜的人，也就不會有人來保護你。」

讀到這裡，你的心微微刺痛起來。年輕時，你也不曾想過要去保護什麼無辜的人，不是因為缺乏勇氣，而是，在你黨化了的思想中，根本不知道什麼叫「無辜」。與國家利益衝突的人沒有無辜的，你被教著這麼想；但是誰有資格決定什麼是國家利益，國家利益究竟是為了誰，沒有人教你這麼問。

「僅僅以人民的愛戴為基礎的政權是軟弱的政權，」史達林說，「但是，僅僅以恐懼為基礎的政權也是不穩固的政權。只有既使人民恐懼，又使人民愛戴的政權才是穩固的。能夠通過恐懼喚起人民對自己的愛戴的統治者，才是真正的偉大。」

「這種愛戴，就使人民和歷史把他統治時期的種種殘酷歸咎於執行者，而不是記在他的帳上。」

你又捲進了阿貝特街的人潮裡，在另一堵斑駁的牆上，瞥見了改革者葉爾欽的照片。一個梳著辮子的姑娘衝著你笑，那麼年輕的一張臉龐。她開口用生硬的英語講話了：

「請你告訴外面的世界：我們不喜歡戈巴契夫[4]，他不應該讓葉爾欽[5]下台……」

她把一枚葉爾欽的照片胸章別在你襟上，很小心地，怕刺到你。你看著她春天一般的臉龐，被陽光刷亮的髮絲，這是阿貝特的兒女啊。

4 戈巴契夫（Mikhail Gorbachev，1931-2022），前蘇聯共產黨末代總書記。一九八五年上台後，因推動改革開放，導致冷戰結束，一九九〇年獲得諾貝爾和平獎。一九九一年八月遭保守派發動政變，逐漸失勢，十二月宣布辭職，蘇聯正式解體。

5 葉爾欽（Boris Yeltsin，1931-2007），一九八五年擔任莫斯科市黨委第一書記，一九八七年因公然指摘蘇共官僚體系，遭到解職。一九八九年重返政壇，並於一九九一年當選俄羅斯聯邦首任總統。上任即廢除境內所有的蘇聯共產黨機關，積極推動自由市場經濟。

一艘船，漂流到台灣

我們這一代人，在政治標語的洗腦教育中成長。記憶中最早的頭條標語，是「殺朱拔毛，反共抗俄」。在還不會自己繫鞋帶的年齡，我們就知道「朱」是朱德[6]，「毛」是毛澤東。發明這條標語的人，也給了我們最早的文學教育：「殺朱拔毛」是「殺豬拔毛」的諧音，一語雙關，同時是一種隱喻，要把朱、毛這兩個人像豬一樣綑起來屠殺，還要把毛剃掉，用滾水燙過。四個字裡面，充滿了殘殺的意象和動作。

幼稚園裡圍著兜兜，偶爾還吃自己手指的孩子，倒也不覺得恐怖。標語有一個自我抵銷的機能：製作標語的目的是為了要把某一個概念牢牢釘入人心，然而，概念一旦成為標語，就猶如活魚成為化石，因僵化而失去文字本身的鮮明意義。「殺朱拔毛」的歌唱起來和「五隻小鴨呱呱呱」一樣的，只是好玩。

「殺朱拔毛」很快就過時了，因為朱德自己先死了，剩下「毛」，這雙關語就響亮不起來。「反共抗俄」卻像我們的書包一樣，跟著我們進小學、上中學、大學，在生活中密密包圍著我們：信封邊緣、香菸盒上、玻璃杯上、牆上路上、電線桿上、電視電影收音機裡、醒著夢著、站著走著，都在「反共抗俄」的麻醉效力之下。

「反共」的意義倒很清楚。海峽對岸，游泳都可以游到的地方，就是「萬惡的共匪」，我們的敵人。但是「抗俄」卻有點模糊。俄國人是誰？為什麼要抗俄？他們為什麼是壞人？負責中華民族百年大計的人倒也早就準備好了標準答案：俄國人就是「蘇俄大鼻子」；他們是壞人，因為他們無時無刻不想強佔掠奪中國的疆土，所以要抗俄。

這個簡單乾脆的標準答案，對生長在台灣的一代來說，越來就越像一則大野狼要吃小紅帽的童話。我們一輩子沒見過俄國人，無從知道他們鼻子是否特別大；蘇聯和台灣也不搭國界，不曾見什麼面貌特殊的陌生人來搬動過鵝鑾鼻的界碑。中央山脈沒有大野狼，台灣人也不戴小紅帽。

等一等，確實有過一艘蘇聯船，來到了基隆港，在一九五四年。但那不是一艘戰艦，而是

---

6 朱德（1886-1976）是中國人民解放軍和中華人民共和國的主要創始人之一，也是中華人民共和國十大元帥之首。

一艘遇難的貨輪，被狂風暴雨打到基隆港外。台灣當局立即施行「抗俄」，把遇難船員監禁起來，這一禁就是三十四年。一九八八年十月，三個船員，已經白髮蒼蒼、齒牙動搖的三個蘇聯船員，回到了故鄉。在莫斯科，他們對蘇聯媒體涕淚縱橫地控訴台灣政府當年的殘酷和往後的軟禁。

船員含淚控訴的鏡頭在電視上播出時，我剛好在莫斯科。俄羅斯人駭然問我：

「你為什麼這麼殘酷？」

我？怎麼說「我」呢？

我衝動地想告訴這個俄羅斯人：不是，這不是我的罪過，也不是台灣人民的罪過。

但是我默然無語。

誰說我沒有罪呢？誰說台灣人民沒有責任呢？有什麼樣的人民就有什麼樣的政府，哪一樁「他們」做的事情不是在「我們」的默許和容忍之下進行？

在我無言以對的時候，莫斯科《消息報》刊出了一則讀者投書：

編輯先生：日前讀到關於我們三位船員同胞被台灣囚禁三十四年的新聞，令我們十分震驚。將他國公民非法監禁是一種對該民族的汙辱；我們現在正努力試圖把滯留阿富汗的俘虜救回，為什麼相對的，三十四年來我們不曾對這些船員報導過？

蘇聯圖文斯克民族自治共和國，克雷澤市．地質勘查隊全體成員敬上

編者在來信前加了一個標題：

「如此漫長的俘虜生涯！」

還有蘇聯海運部的正式答覆：

一九五四年蔣介石分子把商船攔截後，蘇聯政府曾堅決要求歸還船員及船隻。蘇聯外交部、紅十字會、海運部等，曾謀求各種管道，尋求解決辦法。一年之後，多數船員被救回國。在監禁期間，船員曾遭受肉體及精神上各種「措施」，目的在使他們打消回國的念頭。在一九五八年，有四名船員經過巴西和烏拉圭回到蘇聯。此四人遭遇相當悲慘——他們回到蘇聯立即被控以「叛國」罪而入獄……

這四個船員，躲過了台灣國家機器的輾壓，跋涉過萬水千山，回到的不是妻女涕淚交織的擁抱，而是一個更龐大、更嚴酷的國家機器，以「祖國」的名義，將他釘死。

這四個人的悲慘命運，又是誰的責任呢？

「事情發生後的頭幾年，並不是全無報導的，」舍給說。

「我還記得以截船事件為主題的那個電影，啊，非常煽情。好像是六〇年代中吧？我大概只有十歲，在電影院裡哭得稀裡糊塗的，感動得不得了。」

「一條蘇聯貨船遇到暴風雨，吹到台灣海峽，被蔣介石劫持了，所有的船員都被監禁起來。主角是那個船長，英俊又有個性。他為了要營救那些船員，表面上和台灣政府合作，使船員個個恨他入骨，認為他出賣祖國，事實上，他忍辱負重，犧牲自己，拯救別人。

最後，他的策略成功了。船員都獲得釋放，條件是，他自己必須留下，有一幕，台灣當局命令想回蘇聯的人上前簽名，船員一個一個簽了名，最後輪到被認為是叛徒的船長；他走上前，咬破自己的手指，用鮮血，寫下自己的名字，表達自己對祖國的忠誠……

整個戲院裡一片哭聲……船長孤獨地走進台灣的監獄，終其一生……」

舍給眼睛帶笑地說：「我哭了一遍又一遍，當時覺得世界上最可惡的敵人就是台灣。現在回想起來，那部電影其實表達了當時蘇聯對蔣介石政權的憎惡。」

舍給和我一樣，生在一九五二年。原來當我在排練「反共抗俄」八股舞台劇的時候，他在觀看「反台抗蔣」的煽情電影。對蘇聯而言，台灣太小，太遠，還不足以成為製作政治標語的假想敵人，一部影片足矣。但是我們的成長經驗有共同的地方：我們都生活在國家機器相當龐大的制度中，雖然龐大的程度並不相同。教育和資訊管道受國家機器的操縱，我們的世界觀——誰是敵人，誰是戰友——都由國家機器來統一印製。我們都是規格劃一的小螺絲。

高爾基公園前的廣場已經站滿了人，但是我們在等候更多的人，密密的人頭上是一片旗海。旗幟上有黑墨鮮明的字：

「共產主義和腐敗是雙胞胎！」

「撤除黨中央！」

「不是民選總統就是獨裁！」

有一個木牌上大大地寫著一個「6」字，「6」字上抹著紅色的大叉叉。蘇聯憲法第六條，賦予共產黨一黨專政的權利。高爾基公園前聚集的俄羅斯人要把這第六條一筆勾銷。

俄羅斯人只要踮腳一望，就可以看見：東歐的共產黨已經被一筆勾銷。東德已經在全民普選，東德人可以，俄羅斯人自然也可以。

人們手挽著手，形成龐大的隊伍，沿著花園大街走下來。最前排有個高高的木牌：

「不要開槍！我們是你的兄弟！」

遊行的人們知道，每一條大道旁的每一條巷子裡，停滿了軍車，軍車裡坐著一排又一排待命的士兵，士兵的手裡，有槍。俄羅斯人都知道：前一年，天安門的槍就是這樣響起來的。

俄羅斯我的祖國

「明天的示威你去嗎？」我問計程車司機。

「不去，」他搖頭，「聽說今天晚上有極端分子要攻打各地區公所，會開槍的，太危險了。你最好也別去！」

「你喜歡戈巴契夫嗎？」

「喜歡！李加契夫[7]應該砍頭！」他用手指割脖子。

二月二十五日上午十點半，距離預定的集會時間只有半小時了，寬敞的花園環街上空蕩蕩的，只有少數沒有武裝的軍人守在街口。躲在小巷子裡，卻是一輛接著一輛的軍用卡車、鎮暴部隊、救護車……。軍人坐在卡車裡待命，不許出來。

「你看，軍警比老百姓還多。蘇聯不習慣民主，一個示威遊行就如此戒備森嚴，真不像話。」雷歐尼說。他是個資深記者。

「看樣子，」英文教師史維娜說，「政府的嚇阻策略得逞了。一星期以來，電視、廣播、報紙，每天不斷地說危險、危險、會開槍，因為有極端分子要鬧事，也有人在有計畫地散布要開槍的說法，很多人就留在家裡了。」

可是人逐漸多起來，像千百條細流，往高爾基公園門口匯集。旗幟、標語布條、看板，在幾十萬個人頭上晃動。

「共產黨的昨日，錯！錯！錯！共產黨的今日，錯！錯！錯！」

「把政權給百姓！土地給農民！教堂給教徒！共產主義給共產黨徒！」

「黨中央，可恥！可恥！可恥！」

「打倒共產黨！」

「打倒血腥克里姆林宮！」

反對派的蘇維埃國會議員開始上台演講。

7 李加契夫（Yegor Ligachev，1920-2021），一九八五年為蘇共中央政治局委員，是保守派的旗手，認為戈巴契夫的經濟改革使蘇聯經濟更崩潰。

「我們要求總統民選！」

一陣熱烈的掌聲。

「凡不經過全民選舉的總統，都叫做獨裁！」

更熱烈的掌聲。

「沒有健全強大的國會之前，不可以有強人總統，我們不能開民主倒車。俄羅斯人已經受夠了專制極權的痛苦，我們不能回頭——」

熱烈的掌聲，群眾中響起高拔的女聲：

「黨中央，下台！」

換了一個國會議員，聲音清楚地透過麥克風：

「我們要求軍隊的民主化。黨的控制退出軍隊！軍人的人權要受到保護！蘇聯的軍人不可以對人民開槍……」

一個年老的婦人手裡緊緊握著一幀青年的黑白照片，另一隻手高舉著木牌，上面寫著：

「我的兒子在阿富汗戰死。國家給了他什麼？」

麥克風裡的聲音大聲說：

「政府想盡辦法，用各種不光明的手段嚇阻老百姓來參加集會，這種行為是可恥的。我們要求全國電視轉播這場示威，人民有知道真相的權利……」

大雪初融，地上泥濘潮濕，還飄著微雨，看一看眼前的俄羅斯人，這不是西歐社會裡衣冠楚楚、舉止優雅的一群。他們的靴子上全是泥土，衣服樸素而陳舊，手裡的木牌是自己用釘子釘的，木牌上的字是自己用手寫的。他們的臉，皺紋很深，眼睛透著憂鬱的神色。這個民族在二十世紀中所經歷的苦難，很少其他民族能比：饑饉、戰亂、千萬人的死亡、獨裁的迫害。

將近二十萬人聚集在大馬路上，沒有暴力、沒有怒氣、也沒有仇恨。有人正在說：

「今天正好是我們宗教的寬恕節，讓我們寬恕過去的罪惡，也寬恕我們的敵人。俄羅斯我的祖國，也請你寬恕我們對你所做的一切……」

集會結束時，幾十萬人在大道上手挽著手平和地走著。我問街邊全副武裝的士兵：

「如果奉令開槍，你會開槍嗎？」

「我們也是俄羅斯人，怎麼會開槍呢？」他說。

沙夏競選

在蘇聯，你如何競選？

如果你今年二十八歲，名叫沙夏，國際關係研究所漢學系畢業，要參加莫斯科市議員的選舉，那麼在三月四日大選之前，你得馬不停蹄地奔走。

政府的選務委員會已經在大街小巷的牆壁上張貼了候選人的照片和簡歷。照片只有一張名片那麼大，所有的候選人看起來都一個面貌。但是你沒有錢去印大幅海報，無法讓選民認識你的臉，你也沒有錢去印刷大量的政見傳單，無法讓選民認識你的見解和抱負。沒有錢，你也不能上電視，不能登報紙廣告，不能請人吃飯，不能給紅包，不能給助選員車馬費……

所以你和三兩好友走上馬路，肩上背著書包，書包裡厚厚一疊「傳單」，所謂傳單，就是你花了兩個晚上的時間，用打字機打出來的政見報告，密密麻麻寫滿了一張紙：第一，議會必須民主化，容忍多黨派……第三，環境汙染監督權必須由市民擁有。

估計上班的人都回到了家的時候，你挨門挨戶地去按鈴。沒人在，就把傳單塞在信箱裡；有人開門，你就上前自我介紹一番，並且請他到區公所去參加今晚七點的政見發表會。

有時候，你把傳單貼在牆上，挨在你競爭對手的傳單旁邊。一轉眼，你發現有幾個十二、三歲的小孩正在一路撕下牆上的傳單——你的對手的傳單，卻留下你的在牆上。你好奇地問他們為什麼。

他們說：「那個人的傳單上寫著他是共產黨員，所以我們把他的撕掉。我們不喜歡共產黨員！」

你莞爾。這年頭，在蘇聯想被老百姓喜歡，要有四個基本條件：你必須是個男人，在三十到四十歲之間，有大學以上的教育程度，還有，你不能是共產黨員。

沙夏唯一的弱點，是年輕。

你的選區名叫「十月區」——紀念十月革命[8]。區裡有許多工人，你對他們說，三月四號，

8 一九一七年俄曆十月，由列寧領導農工民發動無產階級革命。此後，列寧取得政權，建立以蘇維埃為基礎的共產政權。一戰後，蘇俄向世界輸出共產主義，造成多國建立共產政權，直到一九八九年東歐劇變才開始瓦解。

你一定要去投票，盡公民的責任，一定要選我們這些民主開放派的候選人，我們的祖國才有希望，你一定要去，不要放棄權利。

你作出很肯定、很積極的樣子，事實上，你心裡充滿了懷疑——這已是一個無可救藥的腐爛架構，往架構裡放什麼人，好的壞的，左派的右派的，結果都不會兩樣。戈巴契夫引進了自由民主，可是這些沒有什麼概念的工人，他哪在乎什麼自由民主，他只要麵包和錄影機，跟他講民主太難了。

你的中文說得很好，你也有知識菁英的傲慢。

晚上七點，有兩個政見發表會，一大一小，大的那個，很可能只有候選人，沒有聽眾。不如去小的那個，街坊鄰居，總會去幾個人。

列寧大街四十二號。區公所辦公室大概有十五平方米大小，裡頭有三張桌子、幾張椅子。在一個文件櫃上歪斜地靠著一幀戈巴契夫的照片。七點到了，總共來了三個候選人，聽眾還沒有一個。

「奇怪，助選的朋友說講好了，有人要來聽的。」你說，心裡有點失望。

七點二十分，門被推開，一批人魚貫而入，一、二、三……總共十五個人，紛紛在小椅子上坐下。小房間頓時顯得很擠。候選人和選民聽眾就這麼面對面相對坐著。

十五個人，看樣子都是中年至老年的工人，來自兩棟比鄰的公寓大樓。他們穿著臃腫的大衣，臉上露著疲憊的神情，沉著臉坐在那。

第一個站起來講話的，是共產黨提名的尼古拉，一個工人。矮短厚實，夾克幾乎扣不住他挺出的肚子。講話時似乎有點緊張，木訥而老實。

「選你做什麼？」一個皺著鼻子的老婦人不高興地說，「你在任內做了什麼？」

「我我參加了，餐廳管理委員會，監督了餐廳的運作……」尼古拉脹紅了臉。

「他是個好人啦，他只是不會說話啦！」一個肥胖的婦人為尼古拉解窘。

你一言，我一句的，十分鐘之後，輪到年輕的舍給，舍給是老師。他面無表情地站起來，嘴巴張開，像背書一樣，哇啦哇啦地把他的政見背出來。五分鐘就背完了，坐下。

尼古拉和舍給競選的是區級的議員，你競選的是莫斯科市的議員，但選民是一樣的，所以你也站了起來，積極、肯定地，把你的政見說一番。

政見發表會，就結束了。十五個選民，拖著疲憊的步伐回家。

你也回家，背著一書包沉甸甸的傳單。

敞開的俄羅斯家門

「你會怎麼描述我們呢？」五十九歲的沙克立克夫用懷疑的眼神問著。

「西方的記者，寫來寫去都是蘇聯的店鋪東西少得可憐，人們排長龍等著買香腸，蘇聯人衣著陳舊。他們不懂——」沙克立克夫慍怒地說，「蘇聯各個機關單位都有配給，百分之九十的人都在各自的單位領取配給，譬如我就不必去排隊。我們並不缺糧食；西方記者把我們寫得很不堪……」

我把這番話轉述給舍給聽。舍給是個二十九歲的作家。

「他是個混帳！」舍給憤怒地揮著手，「他想騙你。單位都有配給沒錯，可是夠嗎？你問他一個月配到幾斤香腸？有沒有咖啡？有沒有牛奶？有沒有乳酪？沒良心！睜著眼說瞎話。人家西方報導的是事實，事實有什麼好遮蓋的？」

「我們不是沒有食物，」遠東研究所一位社會經濟學者說，「各地的糧食運往莫斯科，但進不了城，在城外小站上擱淺了。為什麼呢？一群我們稱為『買賣黑手黨』的人，為了要破壞戈巴契夫的革新政策，就故意怠工，把香腸囤積起來，不往城裡運。過幾天，香腸全臭了，然後整卡車整卡車地往河裡傾倒……」

「然後，」尤瑞很戲劇化地說，「人們突然在莫斯科河裡發現漂浮的香腸，事情才爆發出來。報紙都登了，真的！」

「是啦！」舍給不感興趣地說，「報紙是這麼說過，但是，究竟是真是假，難說。」

舍給對蘇聯的香腸沒有興趣，他只有一個夢想：到美國去。

「為什麼？」

「我不否認我也喜歡有較好的物質生活，不過最重要的，美國那樣的社會比較可以讓我專心而孤獨地生活。我只想看書、寫作、思考，其他什麼都不要，什麼都不想過問，只做我自己。在蘇聯，這辦不到。」

舍給不曾去過美國，卻講得一口美國英語；穿著一條帥氣的牛仔褲，還有一件令人眼花撩亂的太空外套。舉手投足都像一個美國的青年。

走過剛開幕兩個星期的麥當勞，看見排隊等著漢堡的長龍蜿蜿蜒蜒大約有兩三公里長。

「瘋了！」舍給搖頭。

舍給是個結了婚的人，可是生活得像個單身漢，晚上不必回到妻子身邊吃飯、睡覺。沙夏也是，伊凡也是。

怎麼回事？

「很簡單，沒房子！」沙夏乾脆地說，「我和妻子申請了要買房子，但是得等好幾年。所以只好她住娘家，我住我父母家，因為她不肯搬來我家，我也不肯搬到她家。分開住，兩個人都自由舒服。」

「蘇聯的房荒很嚴重地在破壞婚姻這個制度，」莫斯科大學副教授譚傲霜說，「年輕夫婦要嘛分開住，感情就難免淡薄，要嘛就和公婆或岳父母擠在一起，又難免兩代間的糾紛，婚姻往往很快就破裂。」

「既然很少在一起，各過各的生活，又不要小孩，為什麼要結婚呢？」我問沙夏。

「她要嘛！」

走在寬敞筆直的大街上，我想請朋友找個安靜的地方，坐下來歇歇，喝杯咖啡，好好聊聊。

「莫斯科沒有這樣的地方！」朋友搖搖頭，「只有最近個體戶開了零星幾個咖啡店，很遠。」

社會主義的莫斯科，已經沒有了咖啡屋文化。你當然可以進入豪華優雅的作家協會餐廳，或者龐大刺眼的宇宙大飯店，喝一杯咖啡；但是前者需要身分，後者需要美金，都不是尋常百姓能夠涉足的地方。

人，要有餘錢，要有餘閒，還要有那麼一點渴望和同類輕鬆自在的接觸的心情，才會有咖啡屋的文化。僵化的社會主義長久以來也僵化了莫斯科人的生活。

然而失去的必然得到補償。正因為沒有了咖啡屋，莫斯科人大大地把家門打開。在許多西方社會，家，是一個隱密的城堡，不輕易對人開放，只有親密的朋友才能登堂入室。原因之一是，家可以洩露太多祕密：你經濟的貧或富、社會階級的高或低、生活品味的好或壞、家庭關係的和諧或衝突，都可以由家中的一切看出來，你的弱點和優點暴露無遺。

莫斯科人卻似乎不在意把自己袒露出來。他只和你萍水相逢，一面之交，但他熱誠地請你到他家去。他為你開香檳酒，給你最好的香腸乳酪。你知道，每一樣東西都得來辛苦，他卻很快樂地為你揮霍。

他的家很小，在莫斯科，你的居住空間要小於六平方米才有資格申請住房。因為小，所以人們在每個房間都擺上一張床，每個房間都是客廳兼書房兼臥房……多功能用法。你在房間之間走來走去，把這家人的一切都看在眼裡；他沒有祕密，他不在乎你發現了他的經濟狀況、他的社會階級、他的生活品味——他把自己敞開了來接受你。

我在莫斯科兩星期中所看到的家，比我在瑞士兩年所看的還要多。瑞士人的房子那麼華麗，家具那麼考究，品味那麼昂貴，他的門卻是深鎖著的，鎖著孤寂的心靈。俄羅斯人的家門是開的，即使在困乏的冬天。

牆倒下的時候
走過東柏林

一九八九年在二十世紀是個驚天動地的年分。六月，天安門槍聲響起。十一月，全球冷戰象徵的柏林圍牆被打開。打開之前，百萬人在東柏林示威抗議的聲音震驚了世界。

這個歷史時刻是我的生活時空。在共產黨肅殺統治時帶著不安穿越東西德鐵絲網密布的邊界，在整個東歐革命風起雲湧時接待西逃的流亡者，在圍牆崩潰時把自己的家門打開，迎接第一次踏上西方土地的東德人……

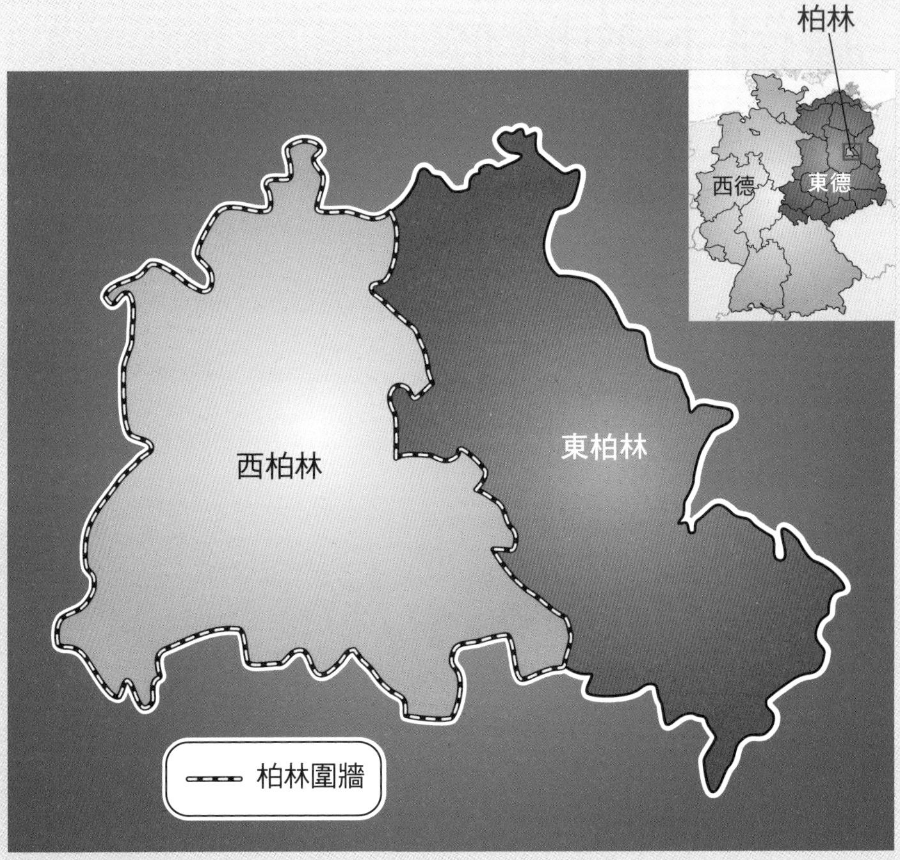
柏林
西德
東德
西柏林
東柏林
柏林圍牆

我愛家鄉的一土一石

巧克力

近耶誕節，超級市場裡人頭鑽動，手推車堆得滿滿的，不時有盒糖果餅乾從貨堆頂上滿得滑下來。在人群的擁擠熱鬧中，那個老人顯得特別冷清。

他慢慢推著車，東看看，西看看，拿起一個罐頭，又輕輕放下。推車裡空空的，只有小小的一盒巧克力。

有人忍不住開口問了：

「您是從哪兒來的？」

不說也知道，他來自東德。柏林圍牆[9]解嚴之後，每天有幾萬人從東德湧入西德，親眼來看看資本主義社會。西德政府給每一個訪客一百馬克（約一千五百元台幣），作為歡迎的禮物。

「一百馬克對我們是很多錢了，」老人很坦率地說，他的身邊已經圍了一小撮人，「我不想一下子花掉，只是挺想給小孫子們買點那邊買不到的東西，譬如巧克力……」

「其實，」老人搖搖花白的頭，有點困難地說，「收這一百塊錢，我覺得羞愧——這錢令人喪盡尊嚴呀……」

我的鄰居考夫曼太太站在老人背後聽著，神情黯然。她的推車塞得滿滿的，一盒奶油餅乾不時滑落到地上。等小圈人散了，考夫曼鼓起勇氣，輕聲對老人說：

「您願不願意讓我為您的孫子們買點巧克力：我會很開心，算是您幫我的忙——」

我趕快轉過身去，幫她拾起地上的餅乾盒，實在不願意看見老人的眼淚。

在停車場上，我們各自把一包一包的貨品塞進車裡，考夫曼突然停下手來；老人特別趕出來，再向她道謝。考夫曼太太又愉快又尷尬地說：

「這樣吧，我家有成箱成箱的巧克力，實在吃不完。放久就生蟲了。您願不願意告訴我你們在哪過夜？我待會兒可以給您送兩箱過去。」

老人楞住了，太太的善意顯然使他手足失措，只有我知道考夫曼說的是真心話。考夫曼先生是瑞士雀巢公司的高級主管，家裡就好像有個巧克力聚寶盆，取之不盡，用之不竭。街坊鄰居的小孩到了她家，眼睛就發亮。

黃昏時候，考夫曼將兩箱包裝最華麗、最昂貴、最精緻的瑞士巧克力送去給那東德同胞。她穿著柔軟光滑的皮草大衣，自車內捧出箱子，氣喘喘地踏過雪地。老人已在門口等待。在巧克力箱子換手的那一刻，我好像用眼睛在讀歷史的註腳：

還有什麼比這兩箱巧克力更能代表資本主義？雀巢公司，一個巨大的跨國企業，有計畫地、不斷地吞食兼併掉較弱的企業。它的產品從糖果咖啡到嬰兒奶粉，它的市場從最先進的歐洲到最掙扎的非洲，無所不在。

老人伸出感謝而羞赧的雙手。經過四十四年的社會主義生活，度過二十八年柏林圍牆的禁錮，老人一朝跨出腳步站到外面來，卻發覺自己是別人同情和施捨的對象。老人的眼淚，除了感動之外，更多的或許是傷心吧？

考夫曼太太將箱子遞過去，老人用雙手接住。資本主義和社會主義用這樣的方式接觸，在

9　二戰後德國分裂，東德政府於一九六一年以防止法西斯侵略為藉口，蓋起長達一百五十五公里、四公尺高的圍牆，前後共豎起三百零二座監視塔，嚴密封鎖人民逃亡西德。一九六一到一九八九年期間，大約有一百多個試圖逃亡的東德人民在這圍牆下被射殺。一九八九年十一月九日，在百萬人的示威壓力下，東德政府開放邊界，允許人民自由出入此圍牆，一九九〇年六月柏林圍牆正式拆除。

一九八九年末。社會主義也結束了嗎？

廠長

東德的許多知識分子並不認為如此。他們承認四十年的社會主義制度遏阻了國家的發展，可是，他們說，但那不是真正的社會主義，那是史達林主義；現在我們剷除了史達林主義，要開始建設真正的社會主義，那將是一個比你們資本主義優越的制度。

「你相信嗎？」

尼采先生搖搖頭。

他真的姓尼采，一個四十五歲的機械工廠廠長，手下有二十來個技術員工。

「我想相信，」他啜一口濃黑的咖啡，「但不知從何相信起。這咖啡真香，我們那邊買不到。」

「你看看我的工廠，一個清潔工人的工資和一個工程師的差不多，清潔工賺的可能還多一點，誰要苦讀十年去當工程師呢？我手下的工人可能日薪比我的還高，我做主管又有什麼意思呢？反正個人努力和收穫之間沒有因果關係，何必努力？所以我們東德工業還停留在三〇年代。」

「是真的，」尼采正色說，「我廠裡的機器就還是三〇年代的產品。整個東德簡直就是個工業博物館，全是十九世紀的老東西。

「唯一解決經濟呆滯的辦法就是開始自由市場經濟，保護私有財產，鼓勵創業和競爭，問題是，一旦這樣做了，還叫『社會主義』嗎？那些學者、作家，如果把自由市場經濟也叫社會主義，好吧，那我就相信社會主義！」

尼采是第一次來到西德。印象最深刻的是什麼？

「西德的富裕，」尼采給自己添了果汁——蔬菜和果汁都是東德缺乏的，「簡直令人難以想像。本來當然也知道西方富裕，可是實際走在街上，實際看見櫥窗裡琳瑯滿目的東西，那麼多東西我一輩子沒見過——實在叫人驚詫。我簡直就不知道世界上有這麼多東西……

「還有，乾淨；到處都乾淨極了。真的，同樣是德國人，可是東德確實比較髒，你想想看，我們冬天燒煤取暖，卡車運來兩噸黑煤，往我家門前一卸，我和一家大小就得花兩天的工夫把煤一剷一剷地運到爐子裡去。一個煤就把整個城市的街道、牆壁、空氣搞得烏黑，看起來就髒兮兮的……

「哦，還有，這裡的服務，也是我們那兒不可想像的。剛剛你打電話給餐廳叫披薩，他們說馬上送來，對我這是不可思議的。還有，打個電話計程車就來到門口，不可思議，不可思議。」

「還有，」尼采好像有說不完的話，也有一點激動，「我們東德不是老得奧林匹克各種冠軍嗎？可是呀，全民性的運動設施卻少得可憐。這裡，我注意到，每個小村小鎮都有游泳池、網球場等等；我住的村子有將近一萬人口，什麼都沒有。」

難道在西德就沒看見任何不好的地方嗎？就沒有任何不愉快的遭遇嗎？我忍不住問。

尼采想了半天，有點尷尬地說：

「確實想不出來。」

那麼，西方是不是只在物質上優越呢？

「不只吧，」尼采嘆了口氣，「你們一向就有自由，自由不只是物質吧？一直到上個月為止，我在公共場所講話還得顧忌隔牆有耳，時時擔心祕密的忠誠資料卡上寫了些什麼，害怕鄰居向『有關單位』打小報告，我也沒有出入國境的自由……你可以想像嗎？」

「親眼看見西德的好，」尼采顯得憂鬱起來，似乎在整理自己的思路和情緒，「其實使我內心覺得傷痛。同樣是德國人，怎麼我們落到這個地步？我曾經多麼信仰社會主義，即使在批評的時候，也總相信那些領導人總是一心為國的。現在他們的腐敗面一樁一樁被揭開：幾百萬馬克存在瑞士銀行、『軍事重地、不准進入』的牌子後面原來是高幹俱樂部，布置得像皇宮……這些人怎麼對得起人民？我們又何其愚蠢，從來，從來就不曾懷疑過共產黨領袖會腐敗到這個程度——我很痛心，因為那是背叛，是欺騙。」

「可是，我不會移民到西德來。東德有我的家，我的親人、朋友，我愛我家鄉的一土一石，我不會離開，只是希望，希望這場社會主義的噩夢趕快過去……」

國安頭子

祕密警察，在東德叫「國安」警察，保護國家安全。需要「保護」，自然表示有個假想的敵人，「國安」局的敵人是對內的，自己的人民——那些對國家「忠誠」不夠的人民。同時，「國安」要保護的，也是自己的人民，那些對政治路線不存異議的人民。這兩種人民要怎麼劃分？不太容易，所以需要祕密警察進行監視，需要「忠誠」記錄作為依據，需要出入境限制的各種措施來控制人民行蹤，需要宣傳部之類的機構監督媒體和出版品的內容……

柏林圍牆垮了，共黨頭子一個一個被軟禁收押。人民湧進「國安」局的大廈，想把那從前看不見也不敢看的黑手揪出來。

萊比錫的國安頭子在街頭被人民包圍。群眾逼問之下，他脹紅著臉，對著攝影鏡頭，還有電視機前幾百萬的人民，說：

「我錯了，我為我過去的所作所為覺得羞恥。」

電視主播

多少年來，她是真理。

在螢光幕上，她以嚴肅但不僵硬的表情、柔和但不軟弱的聲音，以最穩重而篤定的態度將每天發生的事情告訴觀眾。她當然不只告訴人們什麼地方發生了什麼事情，她也教導人們如何去理解、用什麼角度去理解發生的事情。

她的聲音和形象充滿正義權威，她的話不容置疑。

譬如在一九八九年六月，她向東德人民播報：北京發生暴動，少數反革命分子佔領了天安門，試圖顛覆政府，製造社會不安，幸好被解放軍制伏。中國政府處理的手段明智而有效率……

現在，東德人民成千上萬地聚在街頭，排山倒海似地吼叫：民主！自由！真相！

街頭，一個婦人作出噁心的樣子，說：「我再也不要見到這些人的嘴臉！」這些人，指的是共黨領導，還有那代表真理和真相的電視新聞主播。

看著滿坑滿谷抗議的東德群眾，西方記者在現場鋒利地問這位著名的女主播：「你覺得怎麼樣？」

女主播回答：

「我自己也不想看自己的嘴臉。不管怎麼說，我是那大謊言網的一部分，我助紂為虐。」

銀行總裁

柏林圍牆頹然而倒，人們狂湧上街頭，喜極而泣。陌生人在星空下熱烈擁抱，久別重逢的親友捧著鮮花和香檳；老年人帶著過去的記憶眼淚流個不停，中年人不停地說「不敢相信」，年輕人跨坐牆頭上忘情地唱歌，不懂事的孩子騎在父親的肩頭咕咕地笑……人潮像湧動的大河，一直流，一直流。

在這種普天同慶的氣氛裡，有些人卻有完全不同的心情。有個叫何豪生的人死了。他的賓士車突然爆炸。他的家，就在我家往溫水游泳池的路上。

何豪生是德意志銀行總裁。埋伏炸藥的，是西德恐怖組織「赤軍」。德意志銀行是西德最大的商業銀行，在世界金融中舉足輕重。赤軍在七〇年代興起，意識型態極度左傾，專門以西德和美國的軍事及經濟領袖為暗殺對象。到八〇年代尾聲，這個組織的核心退縮到大約只有十五個人，但是它和資本主義作戰到底的決心不曾動搖。

何豪生，在赤軍眼中，是資本主義的代表。把他炸個粉身碎骨，是赤軍對世界局勢的表態：東歐社會主義在解體中，但赤軍將為他們的價值信仰，堅持到底。

何豪生被殺的次日，最不可能走上街頭的人竟然走上了街頭：上千名銀行界人士聚集在法蘭克福市中心，表示默哀與抗議。

「這是極少數人對整個社會的挑釁、宣戰！」我的老朋友沉鬱地說。他是蘇黎世信託銀行的資深主管。我們並肩走在法蘭克福的古老石板路上。

「西德的年輕一代，不曉得為什麼，有著偏左的意識型態。」

「譬如說？」我仰頭看見他花白的兩鬢。

「譬如說，昨天我開車去開一個會。我開的是一輛賓士三〇〇，在銀行出口車子停下來等，一群嘰嘰喳喳的高中生從旁經過，我聽見一個大概十五、六歲的女生說：

『你們看！這些腦滿腸肥，剝削階級的銀行家開的車子！』」

我忍不住笑了，老朋友卻很嚴肅：

「不好笑。當時我聽了，覺得很受傷。那是個非常不公平的指控。我買得起什麼車，是我個人一生工作努力的結果，不偷不搶不騙。說銀行是剝削階級，這是典型的左派分子說辭，他們要沒有剝削的社會主義，可是今天的社會主義搞成什麼樣子？反而比所謂資本主義更失去人性。這些年輕人接受一個意識型態，覺得激進時髦，卻和現實完全脫離。」

一個十五、六歲的西德少年，看見銀行前一輛黑色的昂貴賓士車，直覺的反應是：「這是剝削階級！」一個十五、六歲的台灣少年，如果在銀行前看見一輛黑色的昂貴賓士車，他的反應是什麼？台灣不少雜誌做過調查，大多數人心目中最成功、最有影響力、最值得效法的人物是王永慶，台灣的大資本家。看著賓士車，很多十五、六歲的台灣少年心裡想的可能是：「有一天，我也要和他一樣！」

哪一個年輕人「對」呢？

希奧塞古

在莫斯科大劇院看芭蕾舞。

表演結束之後，所有的觀眾，包括台上謝幕的舞者，全都轉向劇院觀眾席後上方鼓掌。我好奇了，回頭一望，在我頭上二樓座位區站著的，竟然是戈巴契夫夫婦，還有他們當晚的國賓——希奧塞古[10]，羅馬尼亞人民共和國的總統。

觀眾興奮而熱烈地鼓掌，兩國領袖優雅地微笑、揮手。

希奧塞古在二十一歲時就因為自己對共產主義的信仰而坐牢，整個二戰期間都在監獄裡。成為羅馬尼亞的領導人之後，以極權控制人民，對於蘇聯也並不完全順從，蘇聯入侵捷克時，

10 希奧塞古（Nicolae Ceaușescu，1918-1989），一九六五年起擔任羅馬尼亞社會主義共和國最高領導人，於一九八九年羅馬尼亞革命中被推翻政權，臨時政府於一九八九年十二月二十二日捕獲希奧塞古夫婦，安排一場法庭審判，三天後即定罪槍決二人。此審判被公認為假審判。

他拒絕派兵。

離開莫斯科後，東歐共產黨國家像骨牌一樣一個接著一個傾倒。當要求自由民主的呼聲像野火一樣一把接著一把地燒起，許多人和我的想法相同：這把火，大概燒不到羅馬尼亞，因為希奧塞古的祕密警察像鐵蓋似地緊緊罩著羅馬尼亞，外面的風不容易吹進去。

可是最不可思議的竟然也發生了。

這一天，和過去的幾十年一樣，希奧塞古又在首都演講，人民又聽令聚集在廣場上，手裡又拿著標語布條，嘴裡又喊著「萬歲」的口號。國慶、解放日、勞工節、希奧塞古華誕……都要來這麼一套，幾十年如一日。

突然之間，在誰也不曾意料的時候，喊萬歲口號的人們突然變了口號，他們口中喊出的，竟然是「打倒希奧塞古！」

「我們要自由！」

本來機械化的手勢突然變得生動有力，口號像失火般竄燒，爆炸似地形成萬人怒吼。希奧塞古站在高高的看台上，驚慌失措。

沒有計畫，沒有組織，只是人心鬱積了四十年，一夕之間，像洩洪一樣地暴發。

希奧塞古逃亡。

同時，人們在祕密警察的大廈裡發現很多屍體，上千具屍體。幾天前希奧塞古曾經命令軍隊對示威的群眾射殺；屍體中有中彈死亡的，更多的，卻是那種全身緊纏繩索和鐵絲網，血肉模糊，顯然受酷刑而死的人的屍體。

電視鏡頭攝到一個嬰兒的屍體，硬邦邦的，像炸過的脆蝦餅。

忠於希奧塞古的祕密警察部隊開始和反對希奧塞古的正規軍進行巷戰。老百姓闖進紀念希奧塞古的博物館，撕他的書、對他的照片吐口水、焚燒他的海報、推倒他的銅像……聚在街頭的人們，不知應該為被暴政所殺的同胞而哭，還是為暴政已亡而笑。一個滿臉鬍鬚的中年男人出現在西方電視上，他說：

「我們經歷了四十年的社會主義，二十五年的個人獨裁，羅馬尼亞是個苦難的國家……」

中年人嗚咽不成聲，眼淚流下來。

「請幫助我們在自由中站起來……」

希奧塞古被捕、被殺。朝代結束。

格言

也許是因為在灌輸式、教條化的教育中成長，我已經不相信格言，不相信「仁者必勝」，也不敢相信「暴政必亡」。但是在這個世紀大轉彎的時刻，目睹了東歐的革命；不敢相信的，竟然成真。不論是不曾流血的東德，還是流了血的羅馬尼亞，都是「人」的意志在改變世界，在扭轉自己的命運。在東德，人們用腳步來表達對專制的唾棄，在羅馬尼亞，人們用拳頭，用生命，去抵抗獨裁的暴力。

獨裁、專制、腐敗，不是社會主義制度所獨有，但是東歐革命狂潮應該給所有的專制政權，一個冰冷的警告：暴力統治，難持久。

或許有些「格言」竟是可信的。

一九八九年十二月二十六日晨

一輩子走錯了路

跑車

我們的舊跑車要折價賣掉。

車不貴，八〇年份的，只要一萬兩千馬克，大約二十萬台幣吧！

廣告刊出的第一天，電話來得特別早。一個年輕的男人，不熟悉的德語口音，迫切的心情更特殊：

「我明天一早就來看車，請您無論如何保留給我……」

是東柏林的口音。

第二天早上八點，年輕人在門口出現。他夜裡兩點從東柏林出發，趕了六個小時的路，眼睛透著紅絲。

進來喝杯咖啡吧。

年輕人拘謹地坐著。他是一個農化工廠的工人，今年二十歲。月薪八百東馬克，從前，等於兩百多塊西馬克。七月一日兩德貨幣將統一，他的八百東馬克就立刻變成八百西馬克，但是，他要工作幾年才能儲蓄一萬兩千馬克啊？

「不稀奇，」鄰居說，「很多東德人在西德有親戚，很可能他分到了遺產什麼的。以前東德人分到了遺產也不能用，因為政府不讓他出來，現在統一了，錢都可以領出來用了。」

距離七月一日還有兩個星期，年輕人說，「現在沒有辦法付您車款，您可不可以等我到七月一日？這裡有一封我父親的信。」

年輕人的父親，竟然是東德一個著名的神學家，我們肅然起敬。神學家寫著：

我個人並不樂見東德的青年如此急切地搶搭西方的汽車文化和商業市場，我們需要一點時間適應，但既然卡爾意願如此，我也尊重。

在貨幣統一之前，卡爾將無法付您車款，我願意以我的信譽為他作保——如果我的信譽對您有一點意義的話。由於兩德的特殊情況，希望您給予卡爾額外的時間，讓他在七月後付款……

抬眼看看卡爾，他睜著稚氣的眼睛，似乎有一點尷尬。當神學家父親在書房裡寫這封信的時候，卡爾是不是背著手站在一旁不安地等候呢？東德的路況不好，又有時速限制，開這樣一輛跑車，就好像把大白鯊養在池塘裡頭，而這個年輕人卻以一個神學家一整年的薪資來購買，他買的，究竟是價錢還是價值呢？

神學家父親或許也這樣質問過兒子，或許他也曾轉念想到，由於這樣一個父親，這孩子受過多少苦呢？有著知識分子和宗教信仰者的雙重背景，神學家在社會主義國家是個「黑五類」，他的兒子因此被剝奪了受高等教育的機會。

社會主義所虧欠於他的，由資本主義的價值來償還。神學家或許也別無選擇。但是這個父親的信，令人動容。

邊境

把護照從皮包裡取出來，拿在手上，邊境就要到了。

「報上說，七月一日起撤除所有邊境檢查，今天已經七月十五，不需要護照了啦。」開車的朋友瞥我一眼。

我知道。昨天從東柏林來付車款的卡爾也說，邊境已無警察，可是，低頭看看手裡的護照，那種猶疑不安的感覺，就好像被漏電的熨斗驚電過一次之後，人家告訴你，別怕，修好了，伸手摸摸看，你遲疑伸出的手，會發抖。

邊境。

崗亭在，鐵絲網在，電眼監視塔在，穿著制服的警察不在了。我們的車就這樣流過去。

這已經是一個統一後的國家。

我想在路旁停下車，喘一口氣，回過神來。想想這是怎麼回事？

一年前，在巨大的監視塔陰影下，人們畏縮而謹慎地雙手捧上文件，讓警察過目；警察像喜怒無常而權威至上的生死判官，看你一眼就讓你驚退一步。你心裡詛咒他，但你作出諂媚而順從的表情，就怕一不小心得罪了他，不讓你過境。恐懼使你卑微，使他高傲。

一個月前，巨大的監視塔仍舊高大，人們把文件遞出車窗，警察看都不看，笑盈盈地說：「歡迎，一路順風，再見。」他很熱情、很友善地和你揮手。

警察並沒有換，前後是完全同樣一個人。

今天，崗亭裡只有一張空蕩冷落的凳子，半個月前還坐在上面的人，加入了失業者的行列。

站在路邊，往天空看高聳的監視塔。我不知道熨斗為什麼漏電，也不十分明白它現在又怎麼不漏了，但手心裡那被電麻過的感覺卻猶深刻。

朋友從公路休息站裡出來，兩手空空的，他搖搖頭：

「邊境沒有了，東德可還是東德！餐廳早關門了，廁所也是壞的，不能用。走吧。」

酒館

黃昏溫柔的陽光籠罩著麥田，綿延不盡的淡黃色的麥田。風吹著起伏的麥浪，好一片靜謐富饒的鄉野風光，可是麥浪傳來嘆息的聲音。這黃澄澄的小麥不同於往年，不會轉變成香噴噴的麵包，而在麥地裡讓一把火燒掉。

圍牆拆掉了，受社會主義制度保護了四十年的集體農場在一夜之間發現自己要和西德的農場競爭。競爭什麼呢？西方的東西價廉物美，包裝精緻，沒有人要東方的產品，甚至於雞蛋，人們只買西邊的蛋，雖然明明知道，東德的雞還是在土地上遊走啄食的自然動物，西德的雞卻近乎技術控制的生產機器。

蜿轉在鄉間小路上，找到伊貢家時，天已全黑。推開車門出來，伸伸僵直的臂膀，瞥見夜空裡滿天星斗，搖搖欲墜。伊貢的房子透出暈黃溫馨的燈光。窗簾後人影晃動，笑語不斷。

這是好友約瑟的叔叔伊貢六十歲生日，我陪約瑟開車從西邊來，顯然姍姍來遲。

「就是這棟房子……」約瑟在星光下端看這從小在黑白照片中熟悉的房子，「所有沒見過面的親人，都以這個房子作背景——祖父、祖母、伯叔……」

「好像現實與夢境顛倒了，你知道嗎？」他在黑暗裡輕聲說，「對我而言，這房子又陌生、又熟悉；從來不曾來過，卻已深刻在幼時記憶裡。我的父親在這房子裡出世……」

我怎麼不知道呢？我去了湖南，到了湘江，搭了渡船，看到父親的城南小學，走過父親赤足踩過的桐林小徑，聽見和父親一樣的鄉音；我知道那既陌生又熟悉、夢境和現實交錯的恍惚感覺，經歷過分裂，我知道。

「這棟房子是祖父留給父親的遺產，因為他是長子，長子出門打仗去了，沒想到家鄉也變了顏色，永遠回不來。父親就把這房子送給了弟弟伊貢，伊貢回送給爸爸的是一只手錶，一只東德手錶……」

那只手錶躺在約瑟的抽屜裡，早就停擺了，和東德的日子一樣。

「那一個方向！」他轉身，往樹林那邊望去，有一幢黑漆漆的房子，「一定是那個房子！依照爸爸的說法——」

看不清他的臉，但感覺得到他悸動的情緒：「那是一個酒館，祖父常去的酒館。祖父本來很有錢，鎮上第一家百貨公司就是他開的，然後納粹來了，沒收了他的財產，因為他是個不肯轉方向的社會主義者——很諷刺是不？納粹之後東德變成社會主義國家。祖父後來就一天到晚坐在那酒館裡，藉酒澆愁——你等等，我過去看看。」

房子在一片廢地的那頭，廢地上長著比人還高的雜草，星光下一片荒涼。他從野草和樹林的黑影幢幢中冒出來，好像來自時光的幽深邃道。

「還是個酒館！」他說，「只是喝酒的人散了。」

我們往伊貢的燈光走去。

馬蒂斯

酒，一瓶接一瓶地開；切片香腸、乳酪、酸瓜和麵包，一盤接一盤端來。四十多個人，全是陌生的面孔，卻都是約瑟的至親；叔叔伊貢有五個子女，十幾個孫輩，數不清的姻親，名字和臉孔往往都湊錯了，沒有關係，反正都是親人。

在李樹下，大表哥漢斯在本子上把每一個小孩的全名和出生日期記下來；他是負責記載家譜的人。小孩正像嗡嗡蜜蜂一樣在園裡鑽來鑽去。

陽光又亮又暖。一身光溜溜的白胖嬰兒坐在草地上吸吮自己的手指，五、六歲的孩子正瘋狂地追打，十來歲紮著馬尾的女孩子嘰嘰咕咕地笑成一團，女人圍在一起談市場的價錢，男人握著酒杯討論未來的命運。

「以前是什麼都買不到，現在是商店裡應有盡有，全是西邊來的東西，可是貴得嚇人，我們工資並沒有增加。」艾瑪搖搖頭，「目前的日子真不好過！」

「媽媽，」卡斯婷說，「往後的日子更難過，再過幾個月我連工作都要丟了！」

卡斯婷在類似救國團那樣的組織裡做職員，現在「黨」沒有了，「國」沒有了，職員當然也不要了。

三十歲的馬蒂斯戴副眼鏡，留著小鬍子，看起來有點羞怯。他把五歲不到的安德烈拉到一旁，說：

「送你個東西！」

背後的手伸出來，是一支槍，我嚇了一跳。

「東德製的，」他把槍放在孩子手裡，「拿回西邊作紀念。」

孩子抱著槍，歡天喜地的向同伴們追殺過去。是支玩具槍，但做得太逼真，令人看了心驚。

「我到後面去一下！」馬蒂斯對我說，把手裡的東西揚了一下，是一瓶藥劑，一個針筒。

我又嚇一跳。嗎啡？

不是，是藥，一天要打三劑，對抗糖尿病。

不打會怎麼樣？

會動不動昏倒，會休克，死亡。

「所以，」打完針回到熱鬧裡來的馬蒂斯說，「下個月我就要被解雇了，上面說，我有病不能勝任現在裝配廠的工作。」

「然後呢？」

「然後就是每個月領五百馬克失業救濟金，到我找到新的工作為止。」

約瑟想說，在西邊，雇主是不能夠以病為理由解聘員工的，張開嘴，又什麼都沒說。別提生病的人失業了，在今天的東德，健康的人也找不到工作，大街上走著、站著、坐著、看起來惶然失落的，多是失業的人。

為了到達彼岸，他們把鍋子砸了，舊船沉了，但新的渡船一時過不來，他們掉在浪裡浮沉，一身濕冷。

烤肉香味撲鼻。這是個公用的花園。你付三十二馬克月租，就可以擁有一小塊地，在地上可以種花種菜種果樹，還有這麼一片小花園，大家輪流享用。但是，垃圾桶在那裡？手裡拿著一路上用過的塑膠袋，走來走去。

馬蒂斯看見了，伸手取過塑膠袋，說：

「我知道怎麼辦，跟我來。」

他走進樹林裡，猛然揮手，奮力一擲，一整包塑膠袋拋落在草叢深處。

「行了吧？」馬蒂斯得意地對我笑笑。

「森林……塑膠……」我想說什麼，又打住。怎麼告訴他，塑膠做的東西萬年不能有機化解？我自己，又怎麼在這樣一個匆匆的下午，想清楚每個社會發展進程的不同步？

「有什麼垃圾，全部交給我！」他鍾愛地拍拍我肩膀。

想起北京。每次離開旅館房間，仔細地把所有的燈關掉，親戚注意到了，奇怪地問：

「燈燃多要額外付旅館費嗎？」

「不要。」

「那你為什麼關燈呢？」

為什麼關燈呢？一時接不上話。怎麼告訴他關燈是為了和你同在地球上生活的所有的人？還有，在他當下的生命雷達儀表上，我的關切難道就一定比他的關切正確或重要嗎？

他或許會告訴你：當我們自己個人的家都還脆弱不堪，當年擋不住坦克車、今日擋不住失業潮的時候，你還跟我們談地球脆弱不脆弱？

彼得

「告訴你也無妨，我，是個老共產黨員。」他說，聲音很沉。

彼得是伊貢四十多年的老朋友了，特別請了一天假，來為伊貢慶生。他不太說話，只是握著一杯酒，看小孩嘻鬧，看大人饒舌，他顯得冷靜、沉著、鬱鬱寡歡。

他是一個國安特務，在一個農機場裡掌管幾百個人的思想「忠誠」資料。

「彼得？」鐵匠酒喝得陶陶然，臉紅紅的卻突然生起氣來，「他？你知道他讓多少人坐過牢？你知道他害死了多少人？告訴你，革命了，這種人不坐牢簡直老天沒眼！」

他朝地上「呸」了一口痰。

頭髮花白的彼得和我在花園角落裡坐下。或許因為我既不是西德人也不是東德人，他覺得輕鬆，話漸漸多起來。

「社會主義不可能全是錯的，它照顧了窮人也庇護了弱者。我們只是經濟搞壞了，應該重新做起，可也不能像現在這樣胡搞。市場經濟哪裡是一夜之間可以變過來的？你看嘛，現在東德的工廠一家一家倒閉，農產品一車一車倒掉，失業的人，這個月比上個月就多了一倍，整個東德一團亂，所有的規則都不算數了，新的規則誰也不會，誰也不知道……」

「何內克[11]？我覺得何內克並沒有錯，錯的是他周圍的人，誤導他。他是個七十幾歲的老人了，人老了總是頭腦不太清楚……」

11 何內克（Erich Honecker，1912-1994），東德共黨領袖，一九七一年起擔任德國統一社會黨總書記，至一九八九年辭職下台，逃往俄羅斯避難，後被遣返柏林接受審判。

鐵匠晃了過來，咕嚕喝一大口啤酒，說，「該槍斃！何內克該拉到牆頭槍斃！他把一千七百萬人的幸福給毀了，這罪不算重嗎？柏林圍牆上的守衛？該槍斃！他們明明知道越牆逃跑的人只是追尋自由，是無罪的，他們卻舉槍射殺，這是謀殺罪，那些守衛是謀殺凶手，應該一個個找出來，公開審判……」

鐵匠是伊貢的親家。

彼得彎下身來幫一個小孩繫鞋帶，繫好鞋帶，孩子像風一樣地飛走，彼得沉鬱地說，「那些士兵，只是服從命令，怎麼能算有罪呢？」

「到今天，」彼得揚起頭來，面對陽光，臉上有很深的皺紋，「我都不否認我是個共產黨員。我最瞧不起的，是那些見風轉舵的人。昨天還在喊社會主義萬歲，今天卻變成民主鬥士，在街頭吶喊——我就不信，四十年流在血管裡的血可以一轉眼換掉，我不相信！」

「我今年六十四歲了，你知道嗎？」彼得的眼光追隨著一隻黑色烏鴉，停棲在蘋果樹上，他突然轉過來直直看著我，好一陣子不說話。然後啞聲說，「到了六十四歲，人家告訴你，你這一輩子走錯了路——」

「哈！乾杯吧！」

他舉起酒杯，仰頭一飲而盡。

烏鴉拍拍翅膀，飛走了。

給我麵包的人

雪天，莫斯科街頭。泥濘沾滿了長靴和裙襬（聽說莫斯科河結凍了）。街角有堆破爛衣服——不對，是個滿臉皺紋的女人縮蹲在那裡，懷裡摟著一團毛毯——啊，毯子裡露出一張一兩歲小孩通紅的臉。

往大衣口袋裡掏錢；柏格莫洛夫，他是莫斯科的年輕作家，拉著我大步地走開。

「省省吧！」他說，「每一個角落都有，你打算給幾次？你有能力給幾次？莫斯科很大呢！」

走進地下道，在賣色情畫刊的攤子和散發安那其主義傳單的青年之間，又有一個裹著一身破爛的女人——她把嬰兒放在鋪著報紙的硬邦邦地上。

我的握著幾張鈔票的手，留在溫暖的大衣口袋裡，柏格莫洛夫說得不錯，我有能力給幾次？

踏著大步跟著人潮往前走，雖然心裡有一點莫名的不安。

台北火車站。這個穿球鞋的年輕人低聲下氣地說：

「我的皮夾子被扒了，連回台中的車票都不見了，請借三百塊錢……」

我睜大眼睛看著他，心裡感到強烈的痛苦：你為什麼來測驗我對人的信仰？給了你錢，我會後悔，認為你不過是個不勞而獲的騙徒，破壞了人間公平的原則；不給你錢，我會後悔，責備自己汙蔑了人性中無論如何都還存在的純真。

還不曾考慮定，買好票回來的朋友已經一把將我拉開，嫌惡地回頭叱喝：「丟臉！」

我很快地被人潮淹沒。

五月的德國，所有的樹都迫不及待地開滿了花。風一吹，細細碎碎的花瓣飄得漫天漫地。端著一杯咖啡，坐到蘋果樹下。蘋果花正開得熱鬧。打開《論壇報》，頭版正中就是一張照片：一個小女孩懷裡抱著一個四肢嫌太瘦，看不出是人還是玩具的娃娃。小女孩的眼睛又圓又大，即使在黑白照片上也令人覺得清亮動人。照片下有兩行字：

「孟加拉一個小女孩抱著出生才八天的弟弟。他們無家可歸。這次水災據估有五萬人喪生。」

又來了，我想，一面小心地把飄落在咖啡杯裡的花瓣捻出來。搞新聞的人就愛這種照片。這很可能是一個經過設計的鏡頭——攝影記者要媽媽把八天大的嬰兒讓四歲的女兒抱著，照過相之後還塞給女人幾塊錢。他對這個鏡頭很滿意：「這樣的構圖比較有震撼效果！」

當然，他的照片果然上了頭版頭條。

如果說這張照片是經過人工配方的合成飼料，從彎彎曲曲的管道輸送下來，那麼在另一頭等著吃這合成飼料的，就是讀者這隻豬。照片的配方裡，加了某種元素，可以刺激豬體內同情心的分泌。

「我知道我是一頭豬！」站起來，對著蘋果樹踢了一腳，「可是我至少可以決定不吃配方飼料，我可以吃草！」

拾起半杯已涼的咖啡，走回屋裡。從落地玻璃窗望出去，報紙還攤在草地上，風翻著有小女孩照片的那一頁。

「你變成了什麼怪物？」我問自己，就在那透明的窗前。

照片鏡頭或許是經過設計的，可是經過設計，它就改變了小女孩正在受苦這個事實嗎？

現代社會將一切的價值商品化——愛情，可以由媒人實境秀之類的電視節目來「編製」；

母愛，可以由微波爐的大小和品牌來衡量；英雄，可以由媒體來烘造，人世間的一切悲慘，也不過是供錄攝器材運作的素材，管它是革命、是地震、是戰爭或是屠殺、是擁體制或是反體制，都可以是等待著商業包裝的貨品——這，阿多諾幾十年前就看透了。你覺得徹底地反感。

可是反感歸反感，孟加拉的確有那麼多人瀕臨死亡，庫德族的確正在遭到殘害，羅馬尼亞的孩子們的確受到虐待，衣索匹亞的確有成萬的人餓死……

因為不甘心讓自己的同情心和正義感也成為商品，所以你乾脆就拒絕讓感情受到震動？

一架噴射機，只有蒼蠅般大小，在藍天大幕上劃出一條長長的白線，轉個彎，白線竟拉出一個天大的問號。

籬笆外頭，有人在招手。蘋果枝枒一片花的粉白，遮住了那個人的臉，可是我想起來了：隔壁翠老太太約好要來喝杯茶，她來晚了，我也幾乎忘了這約會。

腰桿兒挺直的老太太很正式地和我握手，然後將左手托著的一盤蛋糕遞過來：

「我知道你不會有時間烘蛋糕，」她說，「所以我就烘了一個。」

切蛋糕的時候，她再度為遲到道歉：

「您知道我為什麼晚到嗎？今早在火車上，和一個年輕女人聊起來，竟然是個蘇聯人，偷偷在這兒打工掙活……才來一個月。我就把她請到家裡吃午飯，還帶她逛了逛，看看德國的環境……」

蘇聯？我記起來了。在剛過去的這個冬天裡，翠老太太在結冰的小路上摔了一跤，差點跌斷了腿。雪天出門，是為了到郵局去匯款，五百馬克，要匯入德國人發起的救濟蘇聯過冬的募款帳號。

每年入冬前，翠老太太會囤積四十公斤的蘋果，存在陰涼的地下室。「一次買四十斤，」她說，「可以比零買省下好幾塊錢。」她很得意地要我效法。

這樣一個勤儉的人，怎麼會踩著薄冰小路去匯五百塊錢……好多錢哪，對她而言，而且是給一個她從不曾去過的國家，那遙遠的蘇聯？

「這種蛋糕，」老太太選了一塊大的，放在我碟裡，「一定要新鮮吃，隔一天都不行。」

我端上滾熱的茶，香氣瀰漫著客廳。

「那個蘇聯女人，我送給她一袋衣服跟保養品，」老太太在茶裡加奶，她的手背上布滿了褐色斑點，「她顯得很難過，害我也不知如何是好，似乎傷了她的自尊……她說，離開蘇聯以前，她一直以為不管怎樣蘇聯都是個世界強國哩！」

「我沒到過蘇聯，可是，您可以說我對這個國家有著特別複雜的感覺，」她慢慢地喝茶，「您知道德軍在二次大戰期間包圍列寧格勒的歷史吧？圍城九百多天，到城內一草一木都被啃光，到父母易子而食的地步。我不認得什麼蘇聯人，可是我覺得德國人對蘇聯人有歷史的債……我想幫我的民族還一點債……」

她也知道她的五百馬克不知道會落在誰的手裡；她也知道一卡車一卡車來自德國的救濟物資，堵在蘇聯荒僻的轉運站口，不見得運輸得出去；她更知道蘇聯很大，再多的人再多的匯款，也不過是杯水車薪；她也看見，在電視上，「捐款蘇聯」變成一個如火如荼的媒體運動……

「您知道我是生在波蘭的德國人，戰敗後我們被趕出家園，流亡到德國，我那時只有二十歲，在一個小農村裡總算找到了一個小學教師的工作。住在一個沒有暖氣、沒有食物的小屋子裡。每天下課之後，您知道我幹什麼嗎？」

老太太微笑著，眼裡流過回憶的一點柔和：「等學生們都走光了，我這做老師的，逐行逐排地彎腰去撿孩子們吃剩掉落的麵包，撿起來，帶回冰冷的房間，偷偷地吃……有時候，吃著吃著，眼淚就掉了下來……」

「當時，有些農夫，種了些馬鈴薯、番茄，知道我是個流亡的外鄉人，總會一句話不說地，在窗前放個南瓜、幾粒馬鈴薯、三兩塊麵包……」

「我永遠記得那些慷慨給我麵包的人。今天我有麵包吃，也希望分一塊出去，給沒有麵包的人吃。」

老太太眼光轉到窗外，有鳥雀來啄食我撒在草地上的玉米。她看了一會，回過頭來，說：

「您知道嗎？一九四五年，我們是連夜逃離波蘭的，蘇聯軍的炮火聲不斷地跟著我們的馬車。我的姊姊，她突然跳下車往回跑，說是要去拿什麼結婚紀念的一個東西——她就再回不來了。我後來才知道，那一夜姊姊被蘇軍強暴了不知多少次……」

我們安靜地坐著，聽見教堂的鐘聲噹噹地響起。

東柏林來的表哥

柏林圍牆垮了之後，我們在一個東德小鎮刊了一則小小的廣告：

「我們家有兩個小小孩，五歲和一歲，誰能協助我照顧他們？供吃供住還有薪水，應徵者希望有五分愛心、三分耐心、兩分童心。」

隔鄰太太用同情的眼光望著我，搖搖頭：

「東德的人不會做事的！他們吃了四十年的大鍋飯，一切責任由公家承擔，他們不知道什麼叫努力工作！」

太太的丈夫非常不以為然：

「你錯啦。人家那邊的人不像我們倚賴機器，還是習慣動手，說不定比咱們西德人還要勤快呢。」

「哈——」太太眼睛鼓起來，「你就不記得他們上班時候那個懶散的樣子了。你不記得我們有一次跟別人去排隊買香腸，那售貨員讓幾十個人等著，自己去聊天了？」

「哎呀，那是因為他們是為公家做事，社會主義制度，當然不起勁嘛，現在不一樣……」

兩個人就在我家門口老松樹下鬥起嘴來。

然後有一天，門鈴響了，是電報，一封接著一封，來自東德小鎮。應徵的信，成把成把的，塞進我們的信箱。電話卻很少，因為東西線路缺乏。

每一份電報，每一封信，都有一種急切：

「我的父親失業了，母親被遣散了，哥哥現在只上半天班，我則根本找不到工作，希望您給我這個機會……」

「我今年四十多歲，馬上要面臨遣散，公司要關門了。這裡是毫無前途，一片灰黯……」

還有一些企圖雄偉的要求：

「我需要這個工作。我丈夫也失業，他是否可能一併遷去，為府上工作？我育有二子，分別是十五及十八歲，可以都住您府上嗎？」

我很興奮。一則小得幾乎看不見的廣告，會引起這麼大的反應，這一回，大概真可以找到好的管家了。

信件篩選之後，挑了幾個人寫回信，信中註明條件：吃住之外，我們還負擔醫療保險、失業保險……她的淨收入，大概有一千馬克，一般來說，不錯的條件了。

我們等著。

那被我們選中的人，卻沒有一個願意要這份工作。

「哈哈哈哈……」從德東來訪的馬丁縱聲大笑，「你知道為什麼嗎？」

這是個可厭的親戚，四十年來互不相識，圍牆垮了之後，他常來，而且每次都是夜深人靜時抵達，事前毫無訊息，每次來都搞得家中雞飛狗跳。

馬丁第一次出現時，是八九年底，圍牆剛垮吧，他開著一輛典型東德同胞開的「拖笨」車——關於東德生產的「拖笨」車，西德人編造了很多取笑的段子。

灰撲撲的十字路口，在西德，一隻大耳短腿的驢子和一輛小「拖笨」碰上了。驢子驚奇地看了一眼「拖笨」，問道：「你是什麼動物？」

「拖笨」回道：「我是汽車！」

驢子仔細地端詳對方，抬起頭說：「如果你是汽車的話，那我就是一頭馬。」

這個故事，在越來越多的小「拖笨」來到西邊之後，就流傳成另一番遭遇：

小「拖笨」在西德鄉道上碰到了一團已經乾扁得像個小碟似的牛糞；乾牛糞驚奇地問：

「你是什麼東西？沒見過！」

「拖笨」忸怩地說：「是汽車。」

乾牛糞哈哈大笑：「別鬧了！如果你算汽車的話，那我——那我就是個披薩。」

大鬍子馬丁開的就是這麼一輛小小「拖笨」。可是，他第二次出現的時候，大概是圍牆垮了半年之後吧，他開著一輛嶄新的西德製奧迪，剛剛從西班牙度假回來。

這一天，他和全家到埃及度假，半夜來到我們這裡。駛進我們車庫的，是賓士五六〇。

在燈下，駭然問他：

「馬丁，你殺人了是不是？搶劫了是不是？哪來這麼多錢？」

馬丁摸著鬍子，得意地大笑：

「親愛的，聽我說，人無橫財不富，時機到了，不能錯過。」

這個曾經是集體農場小隊長、忠誠共產黨員的表哥，很誠懇地為我們解釋他成功的途徑：

「是這樣的。我向西方進口，譬如說，值一百萬馬克的香菸吧。我把這些香菸轉出口到匈牙利去——匈牙利還屬於華沙集團，香菸屬於優惠品，我用馬克和盧布兌換來、兌換去，一轉手就可以淨賺個五十萬，單靠盧布和馬克的兌換就行。」

他瞇著眼睛，做出小心翼翼的樣子：「可是，關鍵是在，那香菸根本就沒到匈牙利，我只需要布達佩斯那邊有人打通關節，做點紙上工夫，證明貨到了就行。」

「那香菸到哪去了呢？」我問，知道自己看起來很呆。

「香菸？」馬丁咕嚕灌下啤酒，鬍鬚上沾著泡沫，「香菸我留在德東賣呀，供不應求呢！」

終於懂了。

這位表兄是個新德國的「倒爺」。柏林圍牆一倒，社會主義大廈也開始四壁龜裂，他就趁著大家手忙腳亂補破屋的時候，在漏洞裡鑽來鑽去，比任何人都機靈。

現在，他坐在那兒哈哈大笑：「你知道為什麼東德人看不上你所提供的條件嗎？」

不知道。

「因為呀，」他大剌剌地對著燈罩吐煙圈，「因為他們如果根本不工作，成天躺在床上吧，政府——從前是西德政府，現在是德國政府了——會給他失業救濟金、醫療保險、育兒輔助費等等，七七八八湊起來，和你給的薪水也就差不多了。住房，他反正本來就有，大鍋飯時代保證給他的。放著這麼舒服的日子不過，誰這麼傻還去做工呀？」

馬丁的手指上，有一個粗大的金戒指，在我的第凡內燈下閃著光。

兩個白頭髮的工人

一九九〇年十月三日，從這一天開始，「德意志民主共和國」——東德，正式「滅亡」。在短短的三百多天之內，一個控制嚴密、令人懼怕的國家，無聲無息地消失了。三百多天前，當人們發覺統一的念頭並不可笑時，許多人，尤其是領導東德革命的先進知識分子，以為統一會是一個緩慢的、雙邊各為自己利益談判協調的冗長過程。等到統一的輪子加速滾動起來，這些人猛然發覺加速立刻轉為失速，不可挽回。東德早就失去任何談判的籌碼。

十月三日起，東德的國歌作廢，由西德國歌取代。從前西德國歌詞中有「德國德國凌駕一切」的句子，被希特勒用作擴張主義的工具，早已不唱。現有的國歌詞稱頌「統一、正義、自由」，倒頗符合新德國今日的理想。

百分之九十以上的東德法律作廢，由西德法律取代。少數「暫時」保留的東德法律中，最重要的，應是墮胎法。西德由於有百分之四十三的天主教徒，墮胎限制極為嚴格，東德則較為寬鬆。有一度，兩邊各持己見，幾乎就要為了墮胎法而擱淺了統一條約的簽定。最後的結論：東德可以在兩年至五年內保留自己的墮胎法，兩年或是五年則在十二月大選之後再決定。值得玩味的是，這段期間「西德」婦女若溜到「東德」去墮胎，要受法律制裁。

統一之日，「東德」將有大赦，減輕三分之一的徒刑。不在大赦範圍之內的重刑犯，命運也在一夜之間改變。譬如說，原來被東德法庭判無期徒刑的人，現在改由西德法律管轄，他在服刑十五年之後就可假釋出獄。

一位東柏林的大學教授不以為然地說：「我們並不全是笨蛋，有些法律是我們的好，譬如在這邊，紅燈可以右轉，西邊就不行，汽車停在路口排出廢氣，只是徒然汙染空氣罷了。還有，西邊的商店營業時間比這邊短，買東西極不方便……」

不以為然又待如何？統一的國家裡不能有兩套法律。

統一之後，東德的「人民軍」就解散了。百分之六十的軍人，自知即將失業，早已求去，另謀發展，剩下的九萬軍人中，大約有五萬人可納入西德編制（在兩年試用的條件下），其他的也得加入失業或轉業的行列。新編的東德軍人已經脫下人民軍的制服，穿上了西德軍裝。

十月一日，西柏林的警察局長已經被任命為全柏林的警察局長，指揮東西柏林的警備。

東德的廣播電台、電視台，由西方的媒體接收。東柏林有一萬一千名電視、電台記者，接收後大約有三分之二要失業。

「為什麼東邊有那麼多得驚人的記者？」你問。

「因為寫一篇稿子要有一個人採訪、一個人寫稿、一個人打字、一個人念稿，還有一個人向安全局報備……」西邊的人取笑說。

走一趟東柏林市政府，處處感覺到統一的腳步。

東柏林市政府是一棟輝煌的古典建築，也是將來統一後大柏林的市政府所在地。現任市長是東柏林四十多年來空前也是絕後的民選市長，在今年五月選出，十二月大選之後，他又要搬出，把位子讓給新市長。據估計，不外乎現任的西柏林市長。

東柏林電話線路極少，電話十打九不通，打給市長的電話倒是一撥即通，原來西政府早已為東政府特別裝了所謂「西線」，否則電話永遠不通，統一也要「短路」。

代表東柏林市長前來迎接的人竟然操一口流利英語，令你驚訝，因為東邊的人一向學習俄文，講英語的人極少。過了一會，恍然大悟，原來這位在東柏林市長身邊工作的人，是西邊派來的人。

「最奇怪的是，」西柏林市政府派調過來的新聞官笑說，「我的薪水遠超過東柏林市長的薪水，因為我領的是西邊的工資。」

統一了，當然也就無所謂西邊或東邊的工資了，唯一的差異將在於，誰有工作誰失業。柏林在年底之前大概會有五十萬人失業，佔總工作人口的四分之一，其中東柏林人將佔很大的比例，但又能怨怪誰呢？共產黨留下來的破爛攤子要西方來收拾。

「你知道柏林政府得為統一花多少錢嗎？」西柏林市議會發言人科賀夫說：「廢棄四十年的道路、橋梁要修建，中斷的鐵軌要重鋪，柏林圍牆拆除後的廢地要重建……你說東柏林市政府金碧輝煌，那純粹是虛有其表。那棟建築裡竟然沒有中央系統的暖氣設備。你知道東柏林市長冬天怎麼取暖嗎？他們從市政府底下的地下鐵接一條管子到他辦公室。除此之外，單單是修護市政府建築就是好幾百萬的錢，全是西邊納稅人的錢，因為東邊的人不繳所得稅呀……」

統一了，可是部分相信理想比現實好的菁英知識分子搖頭說：

「這不是統一，是兼併。」

西柏林一位市議員反駁：

「我們並不曾用武力，是東德人自願加入的，怎麼能叫兼併？」

一個二十年前逃出東柏林的神學家說：

「除了目前這個方式之外不可能有別的方式。你如果慢慢談判、慢慢討論，恐怕不到年底全東德的人都逃到西德來了。為了終止移民浪潮，統一不得不閃電進行。」

在布蘭登堡邊的大街上漫步，發現兩個穿藍布工作服的工人白頭相靠，盯著手中的紙張細看，交頭接耳地討論。兩人手中捧著的，竟然是，柏林圍牆豎起來之後，塵封四十年的地下鐵電氣藍圖。四十年前東西邊的地鐵是一條線。現在，廢棄了四十年的鐵軌，重新接上；切斷了四十年的電路，重新流通。記憶所不及的陰暗角落，竟然還有紙色發黃的藍圖被找了出來。

兩個白頭髮的工人，肩膀靠在一起，手指在一張藍圖上追索。他們合力扳開地面上的鐵蓋，一先一後下去。一條截斷的線路，又活通了過來。

一九九〇年十月二日

走，跟我去小冷村

地雷上的乳牛

我來到已經不是邊境的邊境。

山丘綿延，正是秋色濃豔的時候。一群大雁正引頸南飛，掠過楓紅的山頭。可是邊境在哪裡？

高聳的監視塔仍舊醒目地矗立在山頭，只是牆漆剝落了，梁架斷了，玻璃窗全是破的。這一地的玻璃碎片、斷瓦殘磚，像古戰場上不死的鬼火，還挾著殺戮的陰慘。其實才只兩年的時間，兩年前的今天，在圍城中被鎖了二十八年的東德人把圍牆給推倒了。

探照燈還在，但是燈架腳下露出一團一團剪斷的電線。鋼筋水泥牆看不見了，可是山坡上有那麼一道看似新翻過的泥土，青草還沒來得及長出來；你心裡明白：再過半年吧，蔓草、爬藤、野花，很快就會覆蓋了這道土痕。刀片鐵絲網還殘留一段，就在那森林的邊緣。走近瞧瞧，鐵絲殘片還在，刀片生鏽了，鐵柱在那兒站著，一根一根地，顯得突兀。

「從前，」卡斯納說，把手插進大衣口袋，「離這哨站還有幾里路，心情就開始緊張，有生死未卜那種想嘔吐又吐不出來的感覺。」

頭髮早白的卡斯納，彎下腰，用手把一個石塊上的泥土抹掉，石塊上的刻字裸現出來：「民主德國」，東德，那個已經滅亡的國家的正式國名。

「離開民主德國的時候，」我問陷入沉思的卡斯納，「你幾歲？」

「二十一。」他回答，一隻腳踏在石塊上，「前腳才碰到西德的土地，一回頭，圍牆就連夜豎起來了。不過，三十年來，我一年一度地回去看爸媽。每年要經過這個檢查哨……」

一輛汽車在我們附近停下來，鑽出一個戴眼鏡的男人。他一邊咬著手裡的三明治，一邊放眼眺望；看看遠處的森林，踩踩腳下的泥土，一徘徊，一張望，最後視線停留在山坡上那道新翻的土痕。

「來憑弔的人顯然不少。」我說。

卡斯納趨前和男人打招呼，聊了一會，然後兩人一齊向我踱過來。

「你問他，」卡斯納露出淘氣的笑容，「你問他從前是幹什麼的。」

戴眼鏡的男人叫費雪；費雪對這兒的山陵熟悉極了，兩年前，他是這個邊境哨站的駐防部隊。

「您看，平原上有塊密林，」費雪指著不遠處像島嶼似的一簇森林，「我的部隊就駐紮在那裡頭，外邊的人看不見的。」

我們站在高崗上遠眺，深色的森林和淺色的平原構成一片溫柔靜謐的田野風景。

「管哨口的大多是年輕小伙子，我們則是監視他們的人，防止他們逃走。我們這些人嘛，都是年紀比較大的，有房子家眷，政府算準了我們是不會逃亡的人。」

「您看見那邊的松樹林嗎？」費雪把手掌遮在眉心，指著黑色的松林，「沿著松林就是地雷區，邊境部隊自己都不敢靠近呢。」

我看見什麼？

在地雷區上，有一隻花白乳牛，低著頭在吃草。

「聽說你們在邊境守衛之間都有線民埋伏？」卡斯納說。

「那可不止，」費雪又記起了手裡的三明治，咬了一口，說，「邊境守衛不知道的是，不只我們這邊有人監視他們，就是對面，西德那邊的邊境部隊裡，都有我們臥底的。這種間諜我們稱為V零號。如果我們東德這邊的軍人偷偷跟西邊的守衛說上幾句話，那邊臥底的馬上就有報告過來。」

卡斯納不住地點頭，喃喃自語：「我早就這麼說，早就這麼說的……」

「躲不掉的，」費雪意猶未盡，「民主德國是個大監獄。那邊，您看，還有個監視塔——」在平原和森林吻合的地方，有一個黑幢幢的東西。

「那個塔有個地下室，很小，水泥地、水泥牆，就是專門刑求拷打的小牢房；您現在去看，說不定地上還有血跡。」

「費雪先生，您說……」我在小心地斟酌字眼，「您說，圍牆的守衛在改朝換代之後受審判，公不公平？」

他睜大眼睛，毫不猶疑地回答，「當然公平。」

「為什麼當然公平？」

「我不是自願入伍的，我是被徵去的，不當兵就得坐牢。可是那些年輕力壯的邊境守衛卻都是忠黨愛國的狂熱分子，自己爭取要去的。當然，是總理命令他們開槍的沒錯，可是沒人命令他們開槍一定得射中呀。」

「哦！」我深深看他一眼。

「開槍可以說是奉命，不由自己，可射中，就是蓄意殺人嘛。」

「那麼共產黨總理何內克呢？他也該受審嗎？」

費雪的臉凍得紅紅的，點頭說，「那當然。」

「請問您母親多大年紀了？」卡斯納突然說。

費雪有點摸不著頭腦，還是禮貌地回答了：「八十歲。」

「好啦！」卡斯納接著說，「如果您八十歲的老母在百貨店裡偷東西被逮著了，對不起，這只是打個比方，咱們的法庭不會把她怎麼樣，因為她年紀太大了，對不對？」

費雪點點頭。

「那為什麼何內克要特別倒楣？他也是一個八十歲的老頭子了，處罰他有什麼意義？」卡斯納振振有辭。

費雪好脾氣地，慢吞吞地說：

「先生，您看他現在是個可憐的糟老頭，可您想想，如果兩年前的柏林圍牆沒被翻倒的話，這糟老頭到今天可還神氣活現地壓制著我們呢。您說是不是？」

我們往車子走去。六度的氣溫，把人的手腳都凍僵了。

「人民軍解散了，您現在做什麼？從前部隊裡的同袍都到哪去了？」

「我本來就是搞汽車修護的，九〇年以後，到西德賓士廠去實習了一年，今年回到自己家鄉，自己開了個小小的修護廠，其他人嘛……」

費雪想了一會，在車門邊站住，「失業的很多，五十來歲的人了嘛，從頭來起，辛苦是當然啦。」

費雪打開車門，車裡頭露出一張盈盈笑臉，原來費雪太太一直坐在車裡等著。

「費雪太太，」卡斯納彎下身往車裡說，「您覺得統一怎麼樣啊——我這位外國朋友想知道……」

費雪太太有一張富態的圓臉，化妝得很勻整。她傾過身子，愉快地對車外大聲說：「簡直就太好啦！」

他們的車子慢慢駛上公路，輪胎經過從前安置電動鐵門的軌跡，車身還跳動了一下。

空口袋街

進入變身中的東德，一路都是建築工程。修路的修路，補橋的補橋。中斷了四十年的火車鐵軌重新接上，生了鏽的換上發亮的新鐵；荒煙蔓草淹沒了的老徑鋪上濃黑光亮的柏油。殘破不堪的工廠掛出了即將動工的招牌，廢棄頹倒的老屋圍上了層層疊疊的鷹架，整修藍圖醒目地懸在屋前。

這條往小冷村的路線，「我閉著眼睛都能走，」卡斯納說。這是他三十年來每年一度的返鄉路程。

「右邊那棟大樓，你看，本來是公安警察的辦公大樓。」

車子經過灰色大樓的正面，瞥見正門上一個嶄新的銅牌：

「德意志銀行。」

德意志銀行的總裁，兩年前讓極左的赤軍給謀殺了，作為抗議社會主義破產的挑釁手勢。

那個銅牌在陽光的照射下閃著光。

公路邊有個個體戶小攤，賣烤香腸和麵包。

五十多歲的老闆娘滿面笑容地招呼著停下車來的客人。麵包是冷的，香腸可是燙的，還在大樹下那個炭火架上吱吱作響，肉香像一縷青煙，在空氣裡游走。

「統一呀？」老闆娘在我的紙盤上擠出一點黃色的芥茉，「當然好哇！不但行動自由，講話也放心了。從前見人只說三分話，知人知面不知心，現在不怕了。」

趁著沒有客人的空檔，她抹抹手，走過來和我們在板凳上坐下。

「報仇沒什麼意思，我說，」她搖搖頭，「何內克受的痛苦也已經夠了，讓他去吧！何必呢！我們要向前看。」

「我有一個更好的辦法！」一頭白髮的老闆不知什麼時候站在我們身後，手裡揮舞著烤香腸的火鉗，「咱們該讓何內克住在一個一房一廳的小公寓裡頭，就和咱小老百姓一樣；每個月給他幾百塊錢退休金過活，讓他每花一塊錢都要煩惱半天，就跟咱小老百姓一樣。我說這才是最公平的懲罰，怎麼樣？」

「哎呀——」老闆娘笑著說，「四十年的爛攤子，也不盡是他一個人搞的……」

老闆娘斜睨著男人的樣子，很有女性的嫵媚。

「女人的處境有什麼不同嗎？」我問。

她偏頭思索了一會，邊說邊想地說，「沒啥不同，女人永遠是輸家。您看嘛，在東德時代，幾乎所有的婦女都外出全天工作，但是男人可並不分擔家事，女人就是頭牛，得做雙份工。現在嘛，您只要看看新的領導階層，從州政府、市政府，到鄉鎮公所，哪有幾個女人？反正，做決定的全是男人，社會主義還是資本主義，一樣！」

老闆已經回到炭火邊，用火鉗敲著烤架大聲說：「你們別信她的。在我家，只有聽她的份，她是我的領導。」

小冷到了。

路的盡頭，有一片蕭瑟的山林，葉子落盡，山空了，沒入天的灰色。山腳下，有一撮村落。是個冷冷的小村，一萬八千個人口。四百年前，有個叫馬丁路德的人曾在這兒住過，躲避教廷對他的迫害。

一進入市街，就覺得空氣壞透了，一股衝鼻的煤煙味。家家戶戶的煙囪吐著長長的白煙，籠罩著深秋鐵灰的天空。家家戶戶院子裡都堆著黑漆漆、髒兮兮的煤。人行道上也散著煤屑。泥土、煤屑、濕爛的腐葉，挾著雨水，把街道弄得泥濘。

我穿著高統皮靴。東來之前，就知道一個定律：一個國家開發的程度，可以由它街道上的泥濘量來測量。

人行道上立著漂亮的電話亭，嶄新的西方格式。門鎖著，透過玻璃往裡頭看看，啊，電話亭裡沒有電話，電話機還封在硬紙箱裡，等著安裝。

走在灰黯的街景中。煤，混著雨水，把所有建築的牆壁都蝕出一種骯髒的陰暗顏色，長年不經粉刷，陰暗之外又有一層破敗的斑駁。每條街上都有這麼一兩棟殘敗不堪的老房子，鬼屋般地聳立。多數的「鬼屋」，已經搭上了鷹架，藍圖上描繪著亮麗的明天。

錯落在灰黯的老屋之間，卻是一間一間亮眼而摩登的小店。玻璃櫥窗裡裝著特別設計的、具後現代風味的聚光小燈，燈光照著柏林和巴黎最流行的產品：時髦服飾、電視、微波爐、丹麥組合玩具、滑雪器材……

如果小冷村有個人，在昏迷了兩年之後突然醒來，站在小冷街心，就在我現在站的地方，靴上沾著泥土，他會以為，小冷村挖到了什麼金礦。

我們的車，停在「德蘇友誼街」。徒步轉個彎，就到了「空口袋街」。

「名字奇怪嗎？」新店剛剛開張的老闆，邊擦窗子邊說，「幾百年來咱們這街一直是小冷村的風化街、綠燈戶。凡是從這條街『辦完事』走出去的人，哈，口袋都是空的。」

他放下抹布，慢條斯理地點起一根菸，對著街心徐徐噴出一口白霧，「民主德國時代，咱們自己人之間都喊這條街叫『共和國街』，意思是說，這共產共和國和綠燈戶一樣，搞得人口袋空空！」

他掏出自己的兩邊褲袋，空空的，然後開心地對著空街大笑起來。

山坡上的房子

十一月的小冷村是挺冷的，裹在靴子裡的腳趾都凍麻了。找家咖啡館暖暖吧！灰黯的街道上有一扇陳舊的木門，門上「咖啡」兩個字，好像是上一個世紀寫的。

「這個咖啡館還在？」卡斯納失聲叫了出來。

裡頭也只有寥寥幾個客人，無所事事抽著菸的老頭和壯得像樹瞬著眼睛看人的女人。屋頂很高，壁上沒有畫，整個房間顯得寂寥、落寞。

「三十年前，我們在這房間裡跳舞，就在這地板上……」卡斯納不可置信地望著天花板中間懸掛著的一個玻璃旋轉球，布滿灰塵，「……這個球竟然還在——」卡斯納搔著白頭，帶著恍然如夢的神情看著冒熱氣的咖啡，對自己說：

「時間在這房間裡停頓了……」

廁所，在樓上，門把是壞的，不能上鎖。熱水龍頭卡住不動；地板，不知哪年泡過水，翹起一角。

這是個三十年沒修過的廁所。

小冷自然也有個特務總部，是棟很大的二樓洋房。現在洋房上掛著個牌子：「小冷職校」。鐵門前豎著一個簡陋的石碑，走近一點就可以讀清碑上的字：

「我們紀念一九八九年十二月在此地發生的群眾和平抗暴運動。」

蓄著小鬍子的湯瑪士把兩手插進牛仔褲袋裡，平淡地說，「好像是很久以前的事了。」

「什麼樣的事？」我固執地問。

「嗯——我想想，」湯瑪士開始回憶，「好像是十二月一號吧，那天晚上，您記得，十一月九號柏林圍牆才打開，那天晚上，特務還在這房子裡工作，燈火通明。小冷村的人自發地湧來這裡，把這房子團團包圍起來。後來，群眾情緒越來越高，有些年輕人想衝進去把特務揪出來。我們後來知道，那晚特務在裡頭銷毀文件。有一個年輕人爬了鐵門過去，然後大家跟著喊打，就在快要出事的時候，村裡頭的牧師趕到了。他在中間周旋，把群眾情緒安撫下來，所以，我們小冷村算是沒有流過血的……」

湯瑪士顯得很驕傲。

他走了。卡斯納看著堂弟漸去的背影，說：

「他故事沒說完。」

「什麼？」

「那個牧師。」卡斯納打開車門讓我進去。

「後來小冷村，也不知為什麼，就開始滿天流言，說那個牧師自己是特務的線民。沒多久，牧師就上吊死在教堂裡。留下兩個很小的小孩。」

啊！冷冽的空氣使我顫抖。

山坡上有棟大房子，四周圍著菜田。深秋的菜田，不過是帶著霜意的土丘，可是在夏天，這山坡上的房子想必是個瓜棚濃綠、桑麻豐饒的家園。

「那，就是我出生的房子，」卡斯納停了車，望著山坡，樹影中彷彿有隻黑色的山羊在蠢動，「現在住的人叫維拿。」

維拿長著濃密而長的眉毛，像少林寺的長老，一派慈眉善目，很熱絡地引我們坐下。維拿的太太，帶著瞇瞇的笑眼，端出咖啡和餅乾來。

水晶吊燈照亮了黃色的壁紙和厚實的地毯，房間透著溫暖。卡斯納和維拿好幾年沒見了，聊著天。維拿是小冷村政府營建組的主任，從前是，現在也是。瑪格在衛生組。

「三十七年了。」瑪格說，一邊張羅著讓大家吃巧克力夾心餅。

「你要我說實話的話，老卡，」維拿喝著啤酒，一隻手擱在肚子上，「我得說，統一對我沒啥太大好處。我以前月入一千六百東馬克，現在收進一千三百西馬克。好，汽車是便宜了，洗衣機、冰箱、微波爐……都買得起了，可是，相對的，牛奶貴了、麵包貴了——」

「肉貴了！」瑪格插進來。

「結果，」維拿點點頭，「就差不多，扯平了。」

「還有呢，」瑪格瞇瞇的眼睛，總似在笑，「現在失業嚴重啦，雖然警察沒以前可怕，民主嘛，可是治安可壞透了——」

「上星期六，」維拿搶過話鋒，「一個晚上就有三起盜竊案——在小冷這地方，您想想看。」

瑪格直搖頭，表示對人心不古的不慣，想想又說，「以前半夜我都敢上街，現在天一黑呀，我就留在家裡打毛線。」

她拎起腳邊的針線簍，拿出一卷茸茸的毛線，「我說呀，民主帶來開放，開放帶來亂，亂就造成社會不安……」

「瑪格，」我說，「共產黨垮台之後，你們地方政府裡人事淘汰的比例怎麼樣？」

「哦，」瑪格不假思索地說，「換了起碼百分之七十。原來的大概只有百分之三十。」

那又「紅」又「專」的人，當然就被清掉了。那麼像維拿和瑪格這樣屬於那百分之三十的人，又是憑什麼條件留下來呢？

我正要張口問個徹底，看見卡斯納在向我使眼色。

天已經黑了。我們踩著山坡上的小石階，摸索著下去。在小徑上，卡斯納問：

「你弄懂了維拿是幹什麼的嗎？」

我在黑暗中點頭，「在村公所做營建呀。」

「對！」卡斯納似乎在笑，「他同時也是小冷村大號特務！」

我停下腳步。在黑暗中，山丘上空的滿天星斗亮得令人暈眩。

「你看得出維拿日子過得不錯，為什麼？別人可都窮哈哈的。因為他是特務，他有辦法搞到種種利益。譬如說吧——」

山谷裡傳來狗吠聲。

「好幾年前了，我回來探親，維拿私下問我是不是能幫他弄一副西方的汽車安全帶；那種東西，東德根本就買不到。你要知道，他可是職業共產黨幹部哇，伸手要資本主義的物質，這罪可不小。」

我們總算走到了車子旁邊，回身看看維拿的房子，溫暖的燈光亮著，窗簾裡有晃動的人影。

「我幫他帶了一套來。然後，他悄悄跟我說：嘿，小心一點，你跟你父母在匈牙利偷偷會面的事，公安局有記錄呢。我嚇一跳。所以，維拿和我是有過一次『交易』的。我們彼此心知肚明。」

車子發動了。星光、狗吠、山林的冷意，都被擋在車窗外。「我相信，」卡斯納幽幽地說，「維拿是那種殺人不眨眼的政治動物。從前小冷村有多少人落在他手裡，我是不知道……而且這種人，永遠屬於那百分之三十的幸運者。」

車子彎過山路，山坡上的房子，就被森林遮住了，燈光也在蒼茫中隱沒。

爭吵

在黯淡的街道繞了許久，總算找到了我們的旅館。沒有招牌，沒有霓虹燈，沒有廣告，只是這麼一棟大宅，立在黑暗的街頭。

按鈴。

來開門的女主人，笑靨迎人。五十多歲的肥滿身軀，穿著細細的高跟鞋，很讓人擔心地在前引路。樓梯的扶手上還遮著施工用的塑膠布，整個房子瀰漫著新漆的氣味。室內裝潢以黑白為基調，配上詭譎的隱藏式燈光設計，一派後現代風格——這是晦暗頹倒的小冷嗎？

小房間裡頭的布置，像任何最講究的柏林、巴黎、倫敦或紐約的旅館，可是，女主人抱歉地說，這一間的浴室抽風機還沒裝上，因為供貨來不及。那一間，什麼都齊了，唉，就是沒有門。門板嘛，就擱在走廊上，還沒裝上去，您不知道呀，小冷村到處都在施工，工人趕場似地一天奔跑好幾個工地，今天下午，這門還沒裝上，工人就被人搶走了。

我的房間很好，有門，浴室裡有抽風機，牆上貼著美麗的粉紅色壁紙，床頭小櫃上擱著兩顆包裝精巧的糖。

躺下來之後，發現天花板上缺了好大一塊。

女主人打開一瓶香檳酒，殷勤地斟在我的酒杯裡。

「這棟房子，是我家祖產。共產黨來了，而且看樣子不走了，我們全家就逃了，逃到西德。」

一個女人伸頭進廚房裡來，「克莉斯汀，三號房間的枕頭套顏色不配呀，紅色的都到哪去了？」

克莉斯汀想了想，說，「大概在樓下洗衣間，你去看看。」

「我妹妹！」克莉斯汀回頭解釋，「我們一塊兒經營這個。」

「這個房子，就變成了警察宿舍，上上下下住了好幾戶人家。作夢也沒想到，過了四十年，有這麼統一的一天！」

我們舉杯相碰，水晶杯聲音像高音階的鋼琴響。

「我就從柏林回到小冷，向村政府要回祖產。」

門鈴響，克莉斯汀的妹妹帶進來一個客人。一個五十來歲的女人，面容憔悴，但是眼睛透著精幹，一股不服輸的神情。

「一塊兒坐坐吧。」克莉斯汀取出另一只酒杯，「施密特太太！四十年前我們一起讀中學的，現在是鄰居。」

施密特太太對我點頭微笑。克莉斯汀好整以暇地坐下來，繼續說：

「回到自己老家建設投資，當然有些感情因素在，可是累呀，所有的材料都要從西方來，因為這裡什麼都沒有。然後整個德東都在動工，所有材料供不應求，缺三缺四的……幸好工人都還很合作，我特別拜託他們：廣告已經做出去了，客人就要上門了，他們是滿打拚的，倒是那些雇主，哇，神氣得很，對工人頤指氣使的，工人也都不敢說話，有時候，雇主的要求簡直就沒道理，工人也不吭聲。我覺得，東德人對自己的權益還沒什麼概念，不敢爭取自己應有的……」

施密特太太直搖頭：「不不不不，不是這樣的！我在村公所上班我知道。克莉斯汀，現在德東所有的雇主對他們的員工都是這麼呼來使去的，可原因不是什麼民主不民主、權益不權益——」

「克莉斯汀，」施密特身體前傾，急促地說，「這裡的雇主明白，工人也明白，每一個工作缺位大概有五百個人在門外擠破頭等著要。誰不聽使喚誰就走路。我問你，你敢不聽話嗎？」

「好吧，我承認失業嚴重使業主囂張，」克莉斯汀擺擺手，然後另闢戰場，「可我還是覺得東邊人比較……比較缺獨立判斷能力，因為他們有四十年的集體教育。」

克莉斯汀看著施密特，施密特抿著嘴不吭氣。

「東德的女人都上班，生了小孩，才一歲就往托兒所送，早上天還沒亮就送去，晚上天黑了才接回來，一天反正只要付托兒所一塊半馬克，做媽媽的可以生了孩子不養孩子，坐在辦公室裡喝咖啡聊天——」

施密特太太面無表情。

克莉斯汀越說越起勁：「那麼小的孩子，那麼長的時間，沒有爸爸媽媽，過著軍隊一樣的集體生活，接受共產黨什麼領袖主義國家亂七八糟的觀念。這些孩子長大——」

「長大得很好，我覺得。」施密特打斷了克莉斯汀的話，「我不同意你的說法，我覺得孩子們在托兒所幼稚園裡過團體生活，可以學習合作、容忍、謙虛……種種美德，那是西德小孩沒有的美德。」

克莉斯汀一個勁兒地搖頭，「喏，你看那些用汽油彈攻擊外國難民收容所的東德青年，他們就是活生生的例子。從小在托兒所長大，沒有來自父親母親的呵護、溫暖，集體教育只教他們服從，所以一旦自由了，沒有黨在指揮他們，沒有警察在監視他們，他們就殺人放火了……」

大概為了緩和一下氣氛，克莉斯汀為客人又斟了一點酒，可是嘴巴不停：

「你別生氣，我可是說真話。我覺得，一個一歲不到就被送到托兒所去的小孩，長大了一定頭殼壞掉不正常！」

施密特不動新斟的酒，只是冷冷地，從鼻子裡發出聲音：

「這麼說的話，我們德東新邦一千七百萬人都是頭殼壞掉的怪物了！」

克莉斯汀不說話。

我愉快地保持靜默。

好朋友米勒

一個身材高大、頭半禿的男人背對著我們，彎著腰，正在擦車。

「就是他，」卡斯納緩緩把車靠邊，「米勒，小學同學。你看，頭比我還禿。」

米勒轉過身來，很爽朗地笑著，熱情地伸出大手。

「這兩年啊，」我們併肩走著，「兩年裡的建設比四十年還多喲！」

四十九歲的米勒，曾經當過小學教師；曾經坐過一年牢，因為他拒絕入伍；曾經是東德大電腦廠的一個小主管。

我們站在一戶人家院子外面。冬天，葉子落盡，樹籬因而空了，露出院子裡一堆小山似的黑煤。煤堆旁，擺著個像防空洞那麼大小的鐵罐。

「這是液態瓦斯，」米勒指著大鐵罐，「漸漸的，煤就要被淘汰掉，我們就可以呼吸新鮮一點的空氣。」

米勒的眼睛下面有很深的眼袋，看起來人很疲倦。

「我還在電腦廠上班，不過只上半天。下個月，大概就要走路了。」

多少人要跟著走路？

大概有五千多人。

退休金呢？

「什麼退休金？每個人頭給三千塊，我在這廠幹了十五年。人家西德人的退休金比我們多好幾倍。」

「嘿，」卡斯納突然插進來，手臂搭上米勒的肩膀，「老朋友，你不怪我直說。西邊人退休時領到的每一分錢，都是他平時一點一滴存起來的，是他流汗工作的收穫。不努力的人照樣沒有。德東人領三千塊錢當然是少，不過，你要想想，米勒，要多的話，誰來出這筆錢呢？西邊人負擔已經夠重了。」

米勒尷尬地搔搔頭，自我解嘲喃喃說，「是嘛是嘛，誰來出這個錢……」

一直默默走在旁邊的米勒太太笑著打岔，「我看哪，何內克的共產黨應該出這個錢。他欠咱們的。」

「哦——」我轉頭看她，「所以您認為何內克該受審判？」

米勒搶著說，「那當然。他把我們害得多慘。我今年五十歲了，馬上要失業，你要一個五十歲的人重新去做學徒不成？我最近常作夢……」

高處一扇窗戶打開，一個女人倚出窗口，奮力抖動著被子。

「夢裡老在想，怎麼這革命不早來個十年？早來十年我才四十歲，一切都還可以重新來過，現在呢？」

窗戶關上，一隻大胸脯的鴿子拍拍翅膀，停在窗沿，往下俯視走動的行人。

樹林裡有一家度假旅館，餐廳裡燃著燈；在這冰冷的下午，那燈光透著溫暖。

進去坐坐吧？

米勒躊躇著。還是不要吧。這是小冷村最豪華的度假旅館，一向是那些特權幹部和特務去的地方。時代固然變了，「總是感覺不舒服。」米勒皺著眉頭。

「我們聽說，」米勒太太說，「那些特務大多隱姓埋名躲到西德去了。在西邊比較不容易被認出來。其實，認出來又怎麼樣？我們這些被欺騙、被迫害了四十年的東德人，現在只顧得及往前看，看明天的日子怎麼過，前頭的路怎麼走，實在沒有精力去追究過去的是是非非……」

「可我們隔壁那一對，」先生不同意地瞟著太太，「不吵得厲害？」

「那是由於失業，以前社會主義大鍋飯，男男女女都工作，現在不是男的失業就是女的失業，要不然兩個都失業。每天窩在家裡，誰都看誰不順眼。我跟你說，這時候呀，要離婚的人家特多呢！」

「您問我究竟統一好不好哇？」米勒太太閃著明亮的眼睛，「當然是好。東德已經壞到底、爛到底了，真是謝天謝地統一了。現在這一切的辛苦，我覺得都只是過渡的、暫時的。只有一點我搞不懂……」

她抬起臉望著丈夫，彷彿在徵求他的意見，「怎麼說呢？就是，不知怎麼的，過去有勢力的人現在還是有勢力。說是改朝換代了嘛，怎麼從前黨部的頭頭什麼的，現在搖身一變就成了什麼有限公司總經理……您說奇不奇怪？」

米勒沉默著。

我們在他擦得發亮的歐寶車前握手道別。

往小冷老街慢慢踱過去。卡斯納扯扯我的袖子，要我回頭再看看米勒的住宅。

嗯，確實是棟好房子。兩層樓，佔著市中心樞紐的地位。牆壁經過粉刷，在灰黯的街景中特別顯得漂亮。

「你大概覺得，」卡斯納用揶揄戲弄的眼光睨著我，「五十歲的米勒要失業了，可憐死了?!」

我以靜默自衛。

「這房子，值好幾十萬，他可是小冷村的資產階級哪。我問你，這房子怎麼來的？」

我們在人行道的板凳上坐下。卡斯納慢條斯理地點起一支菸，對著他家鄉的天空長長噴出一口煙，看著煙迴旋繚繞。

「我從頭說給你聽。米勒工作的這個電腦廠，當然是國營的了，生產電腦。後來，黨中央裡頭有人說，共產黨得為小老百姓多效勞，所以下了個新命令，這電腦廠也得開始生產什麼螺絲起子之類的東西。電腦廠當然做不來，就偷偷向別人買成品，拿買來的成品向上面交代。我的好朋友米勒先生嘛，當年就專門負責這祕密採買的任務。既然祕密，當然帳目就不必十分清楚。」

「總而言之，」卡斯納彈掉一節菸灰，站了起來，「總而言之，他那棟價值連城的房子，就是他長年收取回扣的收穫。懂了吧？」

懂了，咱們走吧，我說。

鞋跟在石板街上扣出清冷的回聲。前面是個小廣場，兩步之遙，廣場石頭鋪著的地面上有白色的噴漆，彷彿塗著什麼大字。

我們走近瞧瞧。

白漆描出一個倒臥在地的人的身形，好像警察在凶殺現場所描繪的屍首的位置和輪廓。在白漆屍形的下面，有一行德文字：

一九八九、六、四　天・安・門

一九九二年十二月二十日

滄桑市場

一般的跳蚤市場是骨董舊貨的買賣；我對物的興趣隨著年月的增長越來越小，而那做買賣的人，買進賣出，和其他商販也沒什麼不同，所以我不是一個特別想看跳蚤市場的人，可是在法蘭克福麥茵河畔，有一個我不時會去逛逛的跳蚤市場。

每個星期六早上，河南岸搭起色彩鮮豔的傘棚，綿延二、三里，在崢嶸古怪的梧桐樹幹之間。迎著河風過橋，一下來就進入一個不同的世界。攤子後頭的商販，不是一般流動市場中隨你愛買不買的老江湖，無聊地銼著自己的指甲；這裡的商販多半不是職業商販。你看，那邊大樹下有個老頭，鬍子都白了，兩手插在褲袋裡，眼睛盯著來來往往的人；他的皮膚黑黝粗糙，像勞動者的臉。當你走過時，他說，「三十塊！」你才發現，啊，他的攤子太小，你根本沒看見。在他的腳邊，攤開一張舊報紙，紙上有一個金色的咖啡壺和六個相配的小杯，是喝土耳其咖啡用的那一種。

才三十塊？你暗自驚訝。

幾個眼睛又黑又大的小孩幫母親守著攤子，賣台灣產的那種會動的小狗、中國做的仿瑞士小刀、兩塊錢一大束的原子筆。人聲吵雜的地方是舊衣攤，衣服堆成小山，男人女人把頭埋在衣堆裡挑挑揀揀，小販的吆喝聲此起彼落：「一馬克！一馬克！一件一馬克！」一馬克，就是台幣十五塊。需要節省的人，來這裡可以讓一家人春夏秋冬有得穿。

新鞋攤上一雙一百馬克的鞋子有人買，舊鞋攤上一雙兩馬克的鞋子也有人試。那些舊鞋，真舊啊！皮都磨白了，腳跟上還有印泥，穿它的人不知走了多少路。一個形容消瘦的中年男人正彎腰試一雙老舊的雪靴。

眼前這個正在試鞋的男人有著常見的九〇年代東歐小老百姓的外貌。形容消瘦使得他的眼睛深凹。他穿著短夾克，牛仔褲，運動鞋，佝僂著背，走在冬天的街上，顯得怕冷；來到富裕的國家尋找工作，但又不懂這個國家的語言，他顯得畏縮。角落裡，幾個紮著頭巾的女人手腕掛著手織的桌巾，懷裡抱著幾條香腸，「波蘭！」她說。波蘭女人長得粗壯結實，像農地上耕種的人。你望望那粗大的香腸，看起來很好吃，可是沒經過品質管制的食物？你走了開去。

這是個流動市場，一個隨著歷史流動起伏的市場。一九八九年前後，東歐變天，共產政權一個接一個在世人驚愕中解體。青黃不接的經濟困難，權威消失所帶來的行動自由，使許多人離鄉背井來到這裡尋找謀生的機會。每垮一個政權，市場裡就添一批語音不同的人。波蘭變天了，市場突然就出現無數個攤子，賣波蘭的琥珀和水晶杯。捷克政權換手了，市場裡突然就到處是捷克人的攤子，堆著一疊又一疊漿燙過的棉布，還有雪白的繡了花的桌巾、被套、成對的枕頭套。有些精緻的枕頭套和桌巾上，如果細瞧，還繡著名字的縮寫。你立在擁擠的喧嚷的人群中，感覺河風無聲地輕輕吹來，手指觸摸繡花凸起的質感。這繡著花繡著名字的雙人枕套，曾是嫁妝，曾是定情之物，曾是深閨裡最私己的東西，現在，它在你的手指之間，在一個流動市場裡，要讓許許多多的手指摸過，估量它值幾個馬克。

然後蘇聯帝國驀然也不見了，市場裡突然都是他們，說著俄羅斯語；小小攤子上除了肚子鼓鼓濃妝豔抹的俄羅斯娃娃以外，還有軍營裡不知怎麼流出來的紅軍裝備：軍帽軍衣軍鞋，紅外線望遠鏡照相機測量器，手錶軍徽獎章國旗，權力的圖騰一夜之間全變成了地攤上的商品。

在一個無事的星期六，到麥茵河南岸走走，覺得歷史彷彿就是此刻。人們在那兒彎身試鞋，買一只鐵鍋，賣一個玩具，大聲爭執價錢。每一個人的背後有一個朝代的興亡故事，經過時間的淘洗，這些故事都將納入歷史洪流，無關緊要，只是，當它鮮明在眼前的時候，難免令人震動。

回程，發現在五個小時之後，那個賣壺的老頭還在那兒站著，守著他的壺。決心要離開市場的時候，一個滿頭白髮的老婦人迎上來問你，「七馬克，要不要？」

她手高舉著一個白鐵做的掛鑰匙的板子，你正在猶豫，她說，「我沒麵包吃了，要不然也不來賣這個。」她顯然沒有攤子，只是走來走去想把手裡這個東西賣掉；「我也不是沒受過教育的，但我失業了……」

你一邊掏錢一邊有點訝異她說那麼多話。把錢遞給她時，她正說到，「我在集中營的號碼是一二五……」

你嚇一跳，接過東西問她，「您在哪兒出生的？您是哪國人？」

她帶點埋怨地說，「那您又何必這麼追根究底呢？」她回頭就走，而且流下了眼淚。你望著她的背影，不知所措。

四十年來家國

——訪東德末代總理戴麥哲爾[12]

問：請談談您的家庭背景。

答：我的家族原是法國人，三百多年前為了逃避天主教迫害而來到德國。第一代開山祖師在這裡開了騎術和舞蹈學校，他本來是貴族，所以除了騎射舞蹈之外也做不了什麼。家族的傳統是，長子讓他學法律，次子就當軍官，我是我們家族第十一個當律師的。

問：您是東德的末代總理，一九九〇年和西德的科爾總理在舉世矚目的圓桌會議上談判統一，那些談判決定了東德人的命運。現在回頭看那個關鍵時刻，有什麼是「錯誤」的決定令您懊悔的？

答：那真是困難無比的談判，因為完全沒有前例可循，我像在茫茫大海中摸索方向。除此之外，我手上的談判籌碼也少得可憐，代表的是個已經宣告破產的「公司」，能爭的實在不多。但是人在事後才學到教訓，現在我看到當時的幾個錯誤；第一就是當初不該同意讓西德人有權收回東德的房產。許多東德人其實是經過正當的手續在一棟房子裡住了三、四十年，一旦改朝換代就將他連根拔起，這是種極痛苦的經驗。這種痛苦，也導致許多人現在緬懷過去的東德。另一方面，因為房地產的所屬權錯綜複雜，使得統一後許多投資者裹足不前，嚴重地影響了德東的復興。許多國際企業都對投資德東有興趣，可是一碰到土地產權問題，誰都不敢來了。

問：那個時候，您和您的幕僚完全沒預料到產權問題的複雜性嗎？

答：唉，有的。說真的，如果是由於談判經驗不足、前瞻眼光不夠而犯下錯誤，那倒也罷了，因為誰都沒有經驗，誰都可能犯錯，可是產權這個簽定，當時就知道是個錯誤，這才是最令人心痛的。

12 戴麥哲爾（Lothar de Maizière）是「德意志民主共和國」最後一任的政府領導人，也是東德共產黨下台後第一任，同時也是唯一一位，東德民選政府領袖。在任一百七十三天後，兩德統一。在戴氏任期內，他代表東德主推兩德統一的快速進程，與西德談判、協調，簽署了「二加四協定」，終結了英美法蘇四國對於兩德的所有佔領條款，正式促成了德國的統一。

問：迫不得已？

答：對。西德方面非常堅持，幾乎不給任何餘地。在其他議題上，他們各政黨之間還有意見分歧，對這一點，連反對黨社民黨都和基民黨統一陣線。追根究柢，我覺得這是因為在西德這個資本主義社會裡，私有財產權是神聖不可侵犯的。我常說，私有財產法是西德人的聖經。

問：第二個錯誤呢？

答：不該同意東德人的退休金比西德人少那麼多。這一點也造成許多人心理的不平衡。第三個錯，是當時不曾設法保障當年效忠東德的人不受西德的法律制裁……

問：您是說當時就該堅持統一後要「赦免」？

答：對。當時絕對沒想到，統一後的秋後算帳會來得這麼狠。共產黨的領導者你治不了他，倒楣的盡是小嘍囉，就印證了德國諺語所說的，「吊死小的，走掉大的」。許多小老百姓就由於他過去的政治信念而永遠不得任公職，這是極不公平的懲罰。許多學校老師就這樣被解聘了。

問：這「秋後算帳」您當時沒想到，倒令我覺得意外……

答：也不能說完全沒想到。我記得就在那個時候，我還特地請教西班牙駐德大使，問他當年西班牙進入民主階段時是如何對待弗朗哥[13]時代的「遺民」，我就是試圖知道在改朝換代的激變中，如何能迴避仇恨和報復的爆發……

問：既然如此，那您為什麼在那時不提出「赦免」這個要求？

答：我們其實沒有權利提出，因為一旦統一，法是西德的，「赦免」必須由他們提出，由他們執行。

問：「他們」不但沒有提出「赦免」，而且講究「追究」。譬如東德的情報頭子吳爾夫就被判六年徒刑，前公安部長米爾克被以殺人罪起訴；您的感覺是什麼？

答：吳爾夫被判刑，是荒唐可笑的。你說他「叛國」，他叛了哪個國？他效忠的對象是東德。這樣說吧，如果有西德公民作為東德的間諜，我覺得判他刑是正確的，因為他背叛了西德自己的國家。可是吳爾夫是東德情報局長，他盡忠職守，怎麼能用西德法判他「叛國」？

米爾克的判決同樣不可思議。因為沒有法可以治他，於是就挖出六十多年前他槍殺納粹警察的案子來入他罪，這實在是一場笑話。

13 西班牙獨裁者弗朗哥，自一九三六年發動軍事政變，推翻左翼政府，建立了自己的專制政權，至一九七五年去世，統治西班牙近四十年。

另外還有米塔克經濟部長，他真正犯的罪，是他把我們的國家經濟帶上破產的路；這個罪不治，卻控告他這裡那裡貪了點小錢。他把整個國家都毀了，小小的貪汙算什麼？

問：但這是法治的兩難和弔詭吧？法治國家的前提是：沒有法就不能罰，不論罪行有多麼嚴重。將吳爾夫、米爾克等人「入罪」，是因為他們的「罪行」無條文可罰，因此法庭只好去找雞毛蒜皮的事將他們懲罰，這樣才能滿足從前受他們欺負的人的「正義感」，不是這樣嗎？

答：是，可是這樣一來你置「法治」的尊嚴何在？因為沒有法可對付真正的罪行，於是找出其他法來治旁枝末節，這是對法的操弄，傷害了法治尊嚴。另一方面，這種做法只為了滿足某些人的報復心理；一個文明社會怎麼能讓「法」成為報復的工具呢？文明之所以為文明，就是它用法來疏導原始報復情緒，現在法倒過來為報復所用。

在這一方面，我覺得東歐人可能做得比德國人要有智慧。波蘭人根本就封了過去的檔案，匈牙利和捷克人也差不多。我們國家所迫切需要的，其實是療傷，是原諒寬恕，是和解……總而言之不是報復。

問：在這個節骨眼上，我不得不問您關於《明鏡》周刊對您的指控。他們提出各種證據說您當年也是公安部的祕密線民；您個人怎麼看？

答：柏林參議會對所有的事情做過調查，調查報告很清楚地指出我的背景是清白的。當年因為我跟教會關係密切，經常為了救人，也得和公安部打交道。就如同史都培的例子（史都培是現任德東布蘭登州州長，被控從前和公安系統「合作」過）：下水道不通，於是有人鑽到地面下去修理堵塞的水管，他上來時，水道就通了，可是地面上的人指著他罵他「臭」。就是這麼回事。我有一個理論：罵別人臭的多數是為虎作倀的同路者。改朝換代之後，這些人面對自己過去的作為，覺得問心有愧，為了得到良心的安寧，他就努力去尋找別人，作為指控的對象……

問：有一種說法和您現在說的有點關聯，說西德人之所以對東德的歷史如此嚴厲，是因為他們覺得自己當年對納粹的過去太放鬆了，心中有愧；基本上是種補償作用。您同意這個說法嗎？

答：可以這麼說。人們在追究過往的時候，儼然這個世界是黑白分明的，把好人（被迫害者）和壞人（迫害者）分成兩個陣營；真相其實是，全黑、全白的都是極少數，大多數則是灰色的，灰色的普通百姓。這些灰色的普通百姓，在一個控制森嚴的制度裡用自己的方式鑿出一個不受控制的小角落，在裡頭思想、呼吸。幾個觀念相近互相信任的朋友常聚在一起聊天，就是這樣一種小角落。統一之後，這些小角落也就消失了，許多東德人覺得失落……

問：「小角落」為何消失？

答：因為共同的敵人消失了，整個社會多元化了，就不再有小角落的需要。可是東德人不習慣新的人際關係——競爭、講利害——他因此覺得痛苦。

問：您自己的小角落呢？您在九一年十月退出政壇和小角落文化有關嗎？

答：當年敵愾同仇的朋友當然也已各奔東西，小角落不復存在，我也並不惋惜。我會退出政壇，是因為我向來就不是個太享受鎂光燈、為群眾的掌聲著迷的人。我還比較喜歡我現在的生活方式，每兩個星期和朋友聚在一起作室內演奏，那是屬於我的小角落。

問：您在今年四月間到台北訪問了一個星期；台灣的讀者勢必要問您對台北印象如何？

答：印象最深刻的自然是台灣在短短二十年內創造出來的經濟成果。另一方面，為經濟成長所付出的環境破壞顯然相當嚴重。一路上看到的樹都不太健康。

問：如果有一天，台灣和中共也坐上圓桌談判的時候，您有什麼建議嗎？

答：台灣和大陸大小太不成比例了。西德能拉起東德，台灣不可能拉起大陸。只能希望中國吸收台灣經驗，自己內部演變，在穩定中演變。一個不穩定的中國不只威脅台灣，對全世界都是一個可怕的前景。想想如果前蘇聯境內的諸多種族戰爭在中國爆發，真是不堪設想，那會是人類一大災難，台灣如何促進中國大陸的穩定發展，我想是極重要的。

一九九二年十月十四日

只想種下一棵樹

走過疲憊的巴勒斯坦

一九八七年十二月，在被以色列佔領的第二十年，巴勒斯坦爆發了第一次的全民抗暴運動，如火勢延燒，遊行示威、罷工靜坐、石頭和汽油彈隨機攻擊，以色列軍方則以實彈回擊。

數週之後，我就降落在這樣一個一觸即發的火藥庫上——巴士可能爆炸、汽車可能被擊，熱鬧的市場可能突然開火。

一九九三年九月十三日，以色列總理和巴勒斯坦解放組織的領袖在白宮草地上握手，舉世震驚，同時燃起希望，認為以巴和平終於有了真正的開始。

總理在外簽了和平之盟，國內卻波濤洶湧，渴望和平的同時，總有人認為應該誓死作戰。

我就在這時，來到耶路撒冷、加薩走廊、約旦河西岸。

「世紀一握」之後不久，以色列總理拉賓被自己的國民槍殺，一個不贊成和談的以色列猶太人。

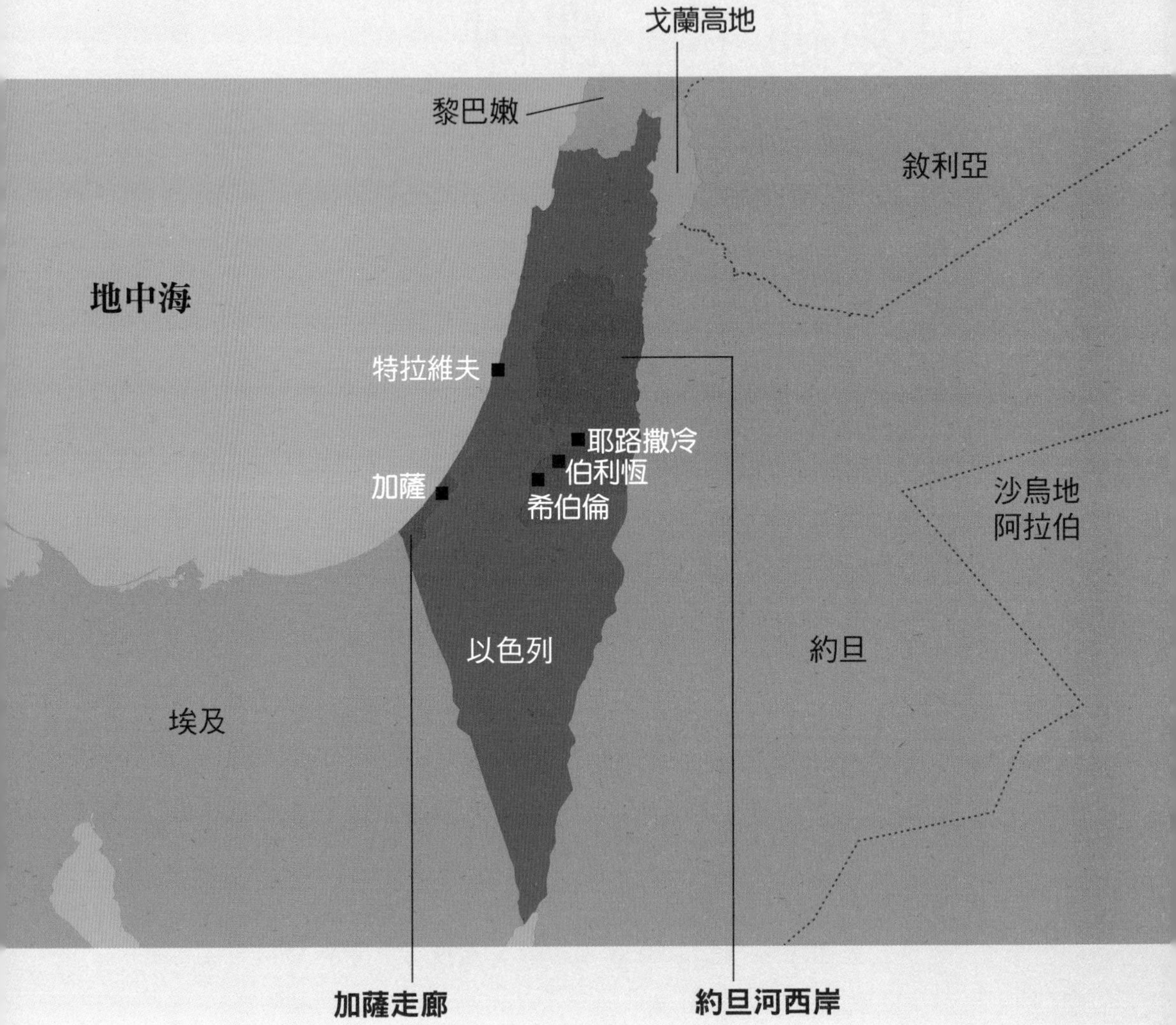
戈蘭高地
黎巴嫩
敘利亞
地中海
特拉維夫
耶路撒冷
伯利恆
加薩
希伯倫
沙烏地
阿拉伯
以色列
約旦
埃及
加薩走廊
約旦河西岸

以巴領土變化

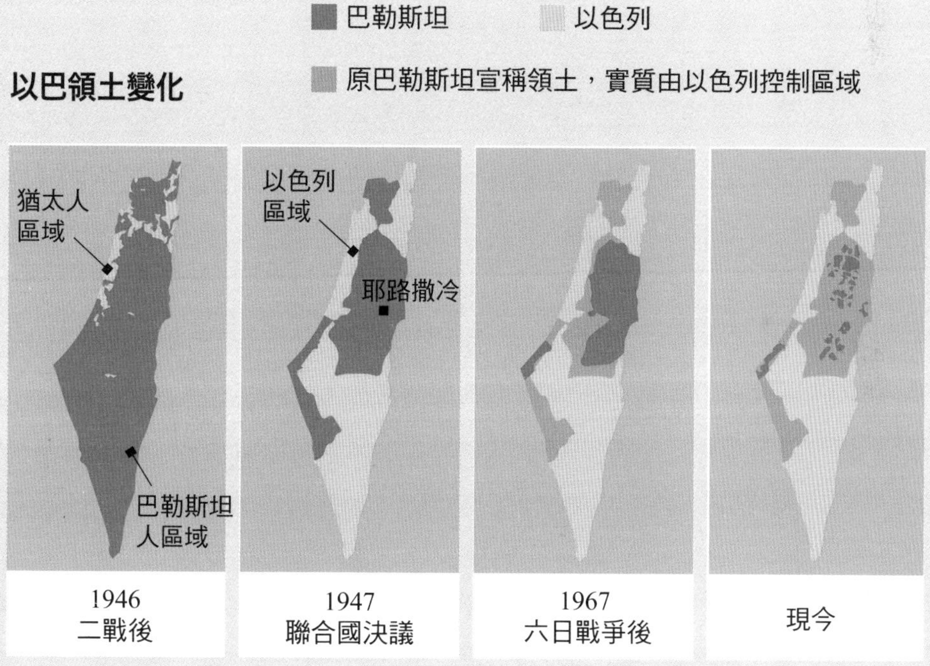
巴勒斯坦
以色列
原巴勒斯坦宣稱領土，實質由以色列控制區域
猶太人
區域
巴勒斯坦
人區域
以色列
區域
耶路撒冷
1946
二戰後
1947
聯合國決議
1967
六日戰爭後
現今

愛鄰居，愛家人，愛熱鬧

倫敦機場，往以色列的航道前。一個阿拉伯男人擁吻著他同居的女友，隔著她隆起的肚子。他親愛地拍拍她腹部，說：「一路小心！」

通過檢查關口時，以色列的人員卻在這懷孕的婦人行裝裡發現了一枚炸彈。為了從猶太人手裡爭回巴勒斯坦的土地，這個年輕的阿拉伯人願意讓自己的愛人，還有愛人腹中自己的骨肉，與飛機共同炸毀，達到「恐怖」救國的使命。

從瑞士飛以色列，我已有心理準備：機場的安全檢查大概會極端嚴格繁複，要有耐心。真正的檢查，卻出乎意料的平常，與到一般其他國家沒有兩樣。不同的是多了一道「面談」的過程。面帶微笑的安全人員不厭其煩地旁敲側擊：為什麼去以色列？那兒有沒有朋友？你的職業為何？到了以色列住哪？去哪？多久？

候機室中，按捺不住的幼兒開始騷動起來。先是在椅子爬上爬下，接著在走道追來跑去，大聲地歡呼嘶喊。父母一旁看著，希望孩子們現在玩得筋疲力竭，在飛機裡面可以給大家安靜。

一轉眼，幾個孩子已經出了候機室，在士兵的腿間玩躲貓貓。全副武裝的士兵們微笑地看著幾個幼兒在檢查的儀器與「禁止出入」的牌子間跌跌撞撞。

一個抱著衝鋒槍的以色列士兵彎下身來，在胖嘟嘟的小女孩頭上親了一下。她正在扯他的褲管。

黑夜中走出特拉維夫的機場，一股騷動的氣息像浪潮一樣撲過來，椰樹的長葉在風裡婆娑。天氣熱，人的穿著就顯得隨便；穿著汗衫的男人腳上趿著涼鞋，著短褲的小孩赤著腳，女人的夏裝裸露著胳膊背脊。出口處人擠成一團，背貼背，伸長了脖子張望親友，一臉的盼望與焦躁。小孩子攀在欄杆上，有笑的，有哭的，有鑽來鑽去的。接到親友的人興奮地大聲喊叫，熱烈地擁抱，擋住了後面不斷湧出的人潮；行李推車在人群裡撞來撞去，小孩哭著叫媽媽……

空氣裡透著躁動、急切、不安。

來接我的卡碧不小心踢翻了一包垃圾，「真要命，垃圾工人罷工，全市都是垃圾，快要瘋了。可是市長說這次絕不跟工人妥協。好吧，我看他能撐到什麼時候。」

前面車裡的人正在笨拙地倒車，卡碧半個身子伸出車窗外大叫：「喂，再倒就要撞上啦！」話沒說完，已經「碰」一聲撞上。

一會兒，一輛小卡車擋在路上，我們的車過不去。卡碧伸出頭去，扯著喉嚨：「喂，老兄，你到底走不走？」

那位正在點菸的老兄慢條斯理地點菸、抽菸，卡碧拚命按喇叭，卡車才慢慢讓了開來。

「我已經付了兩百契可，你怎麼又算進去？」

旅館櫃台前，花白頭髮的客人很生氣地對服務員說話。

「兩百契可？付給誰的？」服務員不為所動。

「一個女人。」

「誰？」

「我怎麼知道是誰。你們昨天是誰守櫃台就是誰。你自己去問——」

「有沒有收據？沒有收據……」

我們拎著行李的手放鬆了，看樣子，這場爭執不是兩分鐘能結束的事了。

清晨，還留戀著溫軟的枕頭，吵雜的人聲越來越大聲，不得不起身。從四樓的窗口望出，濱海公路上已是車水馬龍，不耐煩的喇叭聲此起彼落。一群光著上身的工人分成兩個集團，正在吵架，個個臉紅脖子粗、喉嚨大，可是沒有人動手。不久，來了一個警察，瘦弱而蒼白，像個斯文的書生，可是他三言兩語就勸散了群眾，不曉得說了什麼神奇的話。

我們老是迷路。在特拉維夫，找不到往耶路撒冷的標誌；在耶路撒冷，又找不到往伯利恆的指標。指標往往忽隱忽現，在一個重要的十字路口就不見了，由你去猜測，而猜測的路又往往是錯的。

「請問往耶路撒冷的公路入口在哪裡？」卡碧探頭出去，大聲問。

大肚子的女人嘰哩呱啦比手劃腳一番，卡碧聽得糊里糊塗，打開車門，女人乾脆坐了進來。

「她說她帶我們去，反正她那邊也有車可搭……」

兩個人講希伯來語，聲音很大，話很多，手勢豐富多變。

「她說她九月臨盆，是第三個了……」

「她說以色列要完蛋了。阿拉伯人殺猶太人，猶太人殺阿拉伯人，每天殺來殺去。上星期放火燒阿拉伯人房子的那個猶太人是她的鄰居……」

「她問你們中國是不是也有種族問題？左轉還是直走？她問你的小孩幾歲？你是做什麼的？你住在瑞士，瑞士很美麗對吧……」

瑞士確實是個美麗的地方，可是那個美麗地方的人，絕對不會坐進陌生人的車子裡去為他們帶路。

市場到了。一個拖著長裙子的老婦人深深彎下腰，撿拾地上的菜葉，一把把丟進身邊的竹簍。兩個荷槍的軍人站著聊天，他們捲起袖子，敞開胸口，露出濃密的毛髮渾身冒著熱汗。以台灣軍人的標準來看，以色列的軍人個個服裝不整、行為不檢……士兵抽著菸、坐在地上、歪靠在牆上，或者與女朋友摟抱依偎著過街，到處可見。而他們在戰場上的剽悍卻又舉世聞名。

這群士兵的對面，站著一個一身黑漆漆的猶太教徒：一頂黑色的高帽，一大把黑色的鬍鬚，及膝的黑色大衣下露出黑色的褲角、黑鞋。他正弓著腰，散發「福音」。

熙來攘往的人對「福音」卻沒什麼興趣，眼睛盯的是攤子上紅豔豔的水果蔬菜，賣菜的小販大多是以色列的「次等公民」——阿拉伯人。一個深膚大眼、十二、三歲的男孩正在叫賣他的攤子，攤子上幾隻絨毛嫩黃的小雞嘰嘰喳喳叫著。一個爸爸把小雞裝進一個蛋糕盒子裡，旁邊的孩子興奮地手舞足蹈。

賣西瓜的漢子高高舉著一片鮮紅的西瓜，大聲喊著：「不好吃包退。」幾個水果販子開始擊節歌唱，一個唱：「我家東西最新鮮」，另一個接著：「我家東西最便宜——」一來一往，有唱也有和，市場裡響起一片明快的節奏，壓住了雞鴨的呱呱聲。

「以前他們唱得更起勁呢。」卡碧摸摸攤子上陳列的三角褲，一邊說：「可是有猶太人批評說，那麼大聲有失文雅，是不文明的表現，外國人會笑話……」

經過一條窄巷，穿著汗衫的老頭子從斑駁的窗口探出半個身子，對我揮手：

「喂，你們哪裡來的？荷蘭嗎？」

卡碧對我眨眨眼說：「他大概沒見過東方人；荷蘭大概是他所能想像地球上最遠的地方了。」

「上來喝杯咖啡好不好？」老頭用力地招手。

我也對他招手，他破舊的窗口擺著一盆紅得發亮的天竺葵。

晚上十點了。住宅區的巷子裡還有追逐嬉戲的孩子，放縱的腳步，快樂的嘶喊。公寓裡都亮著燈，電視的聲音從一家一家敞開的陽台匯聚到巷子裡來。頻道聲音大概不能不轉到極大，因為隔鄰的、對門的、樓上樓下的電視聲形成強大的聲網，不開極大就聽不見自己的電視。

「你覺得很吵？」卡碧說：「現在已經算很好啦。我小的時候，有電視的人不多，街坊上有電視的人家就把電視放到陽台上，對著街上播送，大家一起看。不看不行，不聽更不行。幸好那時候只有一個頻道，家家都發出一樣的聲音。現在卻不成，你得壓過別人的聲音才聽得到自己的。」

不曉得從哪裡傳來歌聲，透過麥克風的擴大，像電流一樣一波一波傳來。

「吵死了，」卡碧的母親搖搖頭，「吵了三天三夜，好像是暑期什麼遊樂會的。」從窗口望出，操場那頭似乎有萬人攢動，在享受聲與色的熱鬧。

「我們以色列人啊，吵歸吵，就是愛熱鬧，」母親換了語調，「愛鄰居，愛家人，愛朋友，愛大家一起吃飯、看電視，愛擠來擠去……」

這一張織毯真美。粗糙的紋理，似乎還講著沙漠與駱駝的故事。褐色的樹幹上織出鮮綠的葉子，葉子邊飛著彩色的鳥。在方舟中躲洪水的諾亞曾經放出一隻鴿子，見牠銜著一枚葉子回來，就知道水已經退了，讓萬物重生的泥土已經冒了出來。織這張毯的人，是在回憶諾亞的故事嗎？

「五百塊美金，馬上賣給你！」留著小鬍子的小販很果斷地說。

我愛在耶路撒冷的小市場裡買一張諾亞的織毯，但是卡碧說過，講價是國民義務。

「一百塊。」我回價，依照卡碧指示作出果決的樣子。

「一百塊？」小鬍子很痛心，很不可置信地掀起毯子，「這麼美麗的東西才值一百塊？」

我也要心碎了，是啊，這麼美麗的東西，怎麼只值一百塊，但是我的腳在往外走。

「回來回來，拜託拜託，有話好商量嘛！別走別走——」他很快抓住我的手臂往店裡拖，敏捷地拉出另一張織毯，也有綠葉與鳥，但顏色比較暗淡。

「這一張賣給你，三百塊，只要區區三百塊！多給我一毛都不要。」

「我要原來那一張，一百塊。」這還是卡碧面授的指示。

「小姐，」小鬍子很痛苦地閉上眼睛，「你知不知道，織毯工人要吃麵包？他還有很多個小孩要吃麵包？我有五個小孩，我也要吃麵包，孩子也要……」

「一百五十塊！」我說：「我也要吃麵包。」

他眼睛一亮，伸出四個指頭，「四百？」

「一百五。」

「三百五？」

「一百五。」

「兩百，兩百就好了。真的，兩百我跟我的孩子就有麵包吃了。」

我嘆了一口氣，給了他一百八。扛著我的綠葉與鳥走出擁擠的市場，走進一條石板路，是名叫「耶穌」的那個猶太人曾經背著十字架、血滴在石板上的那條路。黃昏的太陽把城牆的影子映在窄窄的路上，一個全身披著黑衣的老婦人坐在陰影中織繡。

溫柔的人有福了

阿拉伯人，壞哟！

卡碧趁著母親走開的時候對我說：

「你知道剛才我媽媽偷偷摸摸說的是什麼？」

當然不知道。卡碧的母親有七十多歲了，全身關節炎，走路都很費力，卻還勉強到旅館來看我。

「她說，」卡碧忍不住地一直笑，「她說，你長得很好，不需要什麼整容手術嘛。你知道，她一輩子沒見過華人；不久前以色列電視上介紹北京，說有許多中國女人去割雙眼皮、隆鼻，把臉弄得西方一點。你不覺得媽媽進來時猛盯著你看嗎？」

老母親又進來了，卡碧扶著她緩緩坐下：

「你們真的要去約旦河西岸[14]嗎？卡碧，你勸你的朋友別去吧，危險哪！那些阿拉伯人會往你車子丟石頭木棍。阿拉伯人壞得很喲！」

「以色列人就不壞嗎，媽媽？我們對街那四個阿拉伯人叫誰給打傷的？」卡碧反駁著母親，回頭對我解釋：「幾個阿拉伯年輕人從西岸到特拉維夫來打工，四個人合租一個房子。那些猶太鄰居先是恐嚇房主不許把房子租給阿人，房主不聽；上個星期，有人縱火把房子燒了，阿拉伯人逃出來還被人圍毆、毒打……」

「他們本來就不該來這裡，」老母親插嘴辯論，「他們都是帶著仇恨進來的……」

卡碧不理母親，繼續說：「更過分的是，涉嫌縱火傷人的一個猶太人居然被保釋了，你說可不可惡？」

「女兒，女兒！」老婦人搖搖頭，「別讓人家說你是親阿分子。」

特拉維夫的老市場，就像淡水的菜市場；水果蔬菜一筐一筐地攤開在木架上，雞鴨豬肉一條一條掛在鐵鉤上，沾著羽毛的籠子裡還塞滿了肥胖的來亨雞。販夫走卒都是阿拉伯人。男人有著厚實的肩膀、黝黑的皮膚，大聲吆喝著，招徠顧客。十二、三歲的男孩，眼睛又圓又大，守著一簍西瓜或蔬菜，默默地看著鑽動的人群。一個臉孔乾瘦的女人，穿著拖地的黑色布裙坐在地上，頭上罩著白巾，只露出瘦削的鼻梁與漆黑的眼珠。看見一個外國小孩過來，她突然一手抓起簍筐裡的鴨子，枯乾的手掐著鴨脖子，猛然把鴨頭湊到孩子鼻尖上去。鴨子拍著羽毛掙扎，孩子「哇」一聲大哭起來；女人「嗄嗄嗄」開心地笑起來。

市井小販是巴勒斯坦人，全副武裝的士兵是以色列人。在討價還價的嘈雜聲中，在雞鴨蘿蔔青菜的竹簍之間，在婦人的香水與男人的汗臭味之間，士兵荷著槍，走來走去，走來走去。

清真寺

安靜的清真寺，庭院空曠，迎著黃昏的陽光。梁柱的陰影中站著一個人，一個赤腳的人。我見過那樣的赤腳，不是經年累月裹在鞋襪裡，只有在游泳池畔，才看得見的白皙鮮潤的光腳；是那種不知鞋襪為何物、踩在滾燙的沙上也陷進田埂的黏土中的腳，粗糙、露著骨骼的結構。

14　約旦河發源於黎巴嫩、敘利亞，流經以色列、巴勒斯坦、約旦，注入死海，是這片乾燥地區的重要資源。一九四八年巴勒斯坦土地上的猶太人建國「以色列」，與周遭的阿拉伯國家爆發第一次以阿戰爭。約旦趁機佔領了約旦河西岸的一部分特定區域，稱為「約旦河西岸」（West Bank）。一九六七年的「六日戰爭」後，以色列佔領西岸。

「我從加薩來這裡朝拜，」赤腳的人說，「你聽說過加薩嗎？」

是的，加薩，本來是個人口近五十萬的埃及小城；在一九六七年的六日戰爭[15]中被以色列佔領。現在，和約旦河西岸一樣，是以色列的殖民地。

「在加薩找不到工作，活不下去了，所以來特拉維夫試試。跟以色列人……」赤腳的人敏感地看看四周，繼續說：「你等著瞧吧，我們的下一代不會受氣的。」

伯利恆的士兵

耶穌誕生在伯利恆，在一個馬槽裡。原來是馬槽的地方現在是一座雄偉厚實的教堂，教堂的對面，是一座清真寺。擴音器拴在寺頂，傳出輓歌似的吟誦，以極淒苦哀傷的調子呼喚人們，又是朝拜的時刻了。

在如泣如訴的吟誦聲中，從頭到腳包著白巾白衣褲的阿拉伯人紛紛走進寺門。一個大眼黑髮少年騎著一頭灰撲撲的大耳毛驢，「踢踢踏踏」走過教堂與回寺之間的廣場，轉進一條石板路的小弄，驢的蹄聲響滿小巷。

以色列士兵在廣場上，抱著槍，走來走去。走近時，看清是兩個好看而英挺的年輕人，露出潔白的牙齒對路邊的小孩笑笑。

較矮的一個長著濃眉黑眼，帶點稚氣，像早晨的太陽。「我們軍人奉命不能對外人發表意見的，」他說，可是又忍不住似地聊起來，「快要期末考了，偏偏輪到入伍，真慘。但沒辦法啦。」

「伯利恆還好，你們別到西岸的希伯倫鎮去，那兒的巴勒斯坦人對所有的過路車子都丟石塊。」

我不殺他，他就殺我

希伯倫鎮，只是灰撲撲的沙漠中一個灰撲撲的小鎮。以色列政府鼓勵猶太人移民到西岸，試圖把西岸逐漸「猶太化」。年輕的猶太人攜著年輕的妻子、年幼的子女，抱著墾荒的興奮，進入阿拉伯人的領域中建立小小的猶太區。首都特拉維夫的房租他們或許負擔不起，在這裡，他們卻可以有自己的房子，甚至能在貧瘠的沙地上呵護出一小片菜園，看綠芽的抽長。

然而猶太人是佔領者，阿拉伯人是被佔領者。沙漠中也許可以長出青菜，仇恨中卻長不出

15　一九六七年第三次以阿戰爭，以色列只花了六天時間獲得壓倒性勝利，分別從埃及奪取了加薩走廊和西奈半島，從約旦奪取了約旦河西岸地區（包括東耶路撒冷），並從敘利亞奪取了戈蘭高地。

和平。一個年輕的以色列女人被殺了，一歲多的孩子在屍體邊哇哇大哭。

然後以色列士兵憤怒地衝進阿拉伯人的家，逮捕年老的，毆打年幼的，還槍殺了幾個人。阿拉伯的少年，長年失業失學，住在貧民窟中，生命中唯一的目標與出口就是往以色列的軍車丟石頭、吐口水。

我們的車子經過灰撲撲的希伯倫鎮，停了下來。

一個三、四歲的小女孩站在破舊的木梯上。她轉過臉來。啊，那麼大的、美麗的眼睛，流著眼淚，她在叫「媽媽」。「媽媽」到哪去了呢？一個幼小的女孩孤單地站在一個木梯上，木梯倚著斑駁的古牆，遠處傳來炮火隱隱的震動。

有馬的嘶叫聲。一個白巾白袍的阿拉伯人騎著馬從我們身邊擦過。馬走得很慢，阿拉伯人流著汗，一臉焦躁。

走過來一個以色列士兵，一身武裝把他的背壓得駝下來，他問我們是否能讓他搭便車，「我們要去加利利湖。」那不是耶穌曾經走在水波上、信徒曾經在那兒捕魚的地方嗎？士兵要去北邊與黎巴嫩交界的戰區，我們可以同行一段。

「昨天有兩個巴勒斯坦人在邊界的河流裡冒出來，被我們幹掉了。」士兵一邊說，一邊解開胸釦，喘了口氣，「今天的報紙也登了，所以不算祕密。」

「不，我並不覺得我是侵略者，壓迫巴勒斯坦人。在希伯倫鎮執行任務，我覺得就像一個警察在維護地方治安罷了。」

可是，以色列佔領著巴勒斯坦的土地，統治阿拉伯人的生活，把阿拉伯人變成以色列的下等國民，這就是佔領，就是壓迫；你這個荷槍的士兵就是一個壓迫者、統治者的代表，不是嗎？

「讓我老實告訴你吧！」士兵臉紅起來，激動地說：「梅爾夫人[16]已經說過，以色列有兩個選擇：遵守國際道義來爭取國際同情，那是死的以色列；受國際唾罵譴責，是活的以色列。告訴你，為了要活下去，什麼壓迫不壓迫，什麼國際輿論，去他娘的！這是個你死我活的世界，你知道嗎？我不殺他，他就要殺我，你知道嗎？」

加利利湖

淡淡的天空俯視起伏的山巒，層層疊疊的山巒環抱著一泓清澄的湖水，遠看湖水，像一碗凝固了的、碧綠色的愛玉冰，在一個沒有風的下午。「耶穌在加利利湖邊行走，看見兄弟兩個

---

16 梅爾夫人（Golda Meir，1898-1978），以色列創國元老之一，並曾擔任第四任總理（1969-1974），擁有「以色列鐵娘子」稱號。任內發生第四次以阿戰爭，即贖罪日之戰，以軍一開始損失慘重，後來反敗為勝。

人，就是那叫彼得的西門和他弟弟安得烈，正在湖裡撒網；他們本來是漁夫……」

一個滿臉鬍髭的漁人彎腰扯著魚網，正要把落在網中一條肥美的魚抓出來，猶太人稱這種魚是「聖彼得魚」。就是這樣的兩條魚，還有五條麵包，耶穌餵飽了幾千個人。在加利利湖的深水裡，雄魚把卵含在嘴裡孵育，小魚孵化之後，父魚仍舊把它們含在嘴裡撫養。名叫彼得的那個漁夫就在這魚的嘴中發現了一枚金幣。

在湖邊一個布滿岩石的山丘上，那個濟弱扶傾的耶穌曾經面對千百個聚集的漁人、農夫、信他的與不信他的，用沉重的聲音說：

哀慟的人有福了，因為他們必得到安慰。
溫柔的人有福了，因為他們必承受土地。
憐恤的人有福了，因為他們必蒙憐恤。
使人和睦的人有福了，因為他們必得稱神的兒子。
為義受迫害的人有福了，因為天國是他們的。

斷崖殘壁處，是耶穌曾經布道的地方；就在湖邊，茂盛的尤加利樹將濃密的葉影投射在平靜的湖面上。

離開加利利湖的公路上，一輛聯合國派遣的軍車與我們擦身而過；軍車上有一尊閃亮的大炮。

這樣的路程令人緊張，所有讀過的新聞，都成了現場。

一名巴勒斯坦的激進分子乘著滑翔翼進入以色列駐軍區，用機關槍掃射，殺死六名以兵。

一輛以色列軍車輾死四名佔領區中的阿拉伯工人。軍方強調純屬意外車禍，當地居民及目擊者卻宣稱「車禍」係蓄意製造，有意殺人。

為了調查滑翔翼事件，以色列士兵深入巴勒斯坦難民營搜索嫌疑犯，至今已逮捕了近千名巴人。

阿拉伯人暴動，以石塊、水泥磚塊攻擊士兵，士兵先以催淚彈驅逐，然後回以實彈。陸續已有二十三名阿人死亡。

一名阿拉伯婦女被以色列士兵槍殺。

當一輛軍用吉普車停在十字路口，一名年僅十五歲的阿拉伯少年上前去拉開車門，取出小刀欲刺車中士兵，士兵開槍，少年當場死亡。

加薩地區的阿拉伯律師指稱，以色列軍方以電擊手段，迫使被逮捕的阿拉伯人認罪。一名十七歲的阿人被釋放後描述被施電刑經過。但是軍方斷然否認。

世界人權組織發表年度報告，指控以色列監禁不足十二歲的兒童，加以毒打，甚至電擊。

以色列軍事法庭已判決將九名巴人驅逐出境，引起國際譁然。英國外交官批評以政府不人道，奧國總理要求將以色列自「國際社會組織」中除名以為懲罰，聯合國通過決議，要求以政府收回成命。但是在二十年的佔領記錄中，以色列從未將已判驅逐令更改。

以色列工黨領袖兼外交部長裴瑞斯[17]，一向是開放派的發言人，這次也支持強硬政策。他說：「以色列法律廢除了死刑及驅逐，根本沒有重刑可判；所以只好用阿拉伯人自己的法律來處分他們。阿拉伯法中是有驅逐一刑的。」

馬鈴薯的味道

我們登上一個小坡，視野突然展開千里。荒荒大漠，一片乾燥的土黃色，只有村落人煙處感覺得到一點綠意。

「你們從綠地裡來的人，會覺得這兒到處是沙漠，」四十歲的智亞說：「我們生長在沙漠中的人，卻覺得這兒好綠——比起從前。每一寸綠都是我們努力出來的。」

智亞，是裴瑞斯部長的女兒，一個教育學博士。上午，她很驕傲地展示了她一手建立的兒童教育中心：最新的教材、最完善的設備。卡碧不以為然地在我旁邊耳語：「想想看，西岸難民區的阿拉伯兒童，連自來水都沒見過呢！」

「勞工黨是希望撤出佔領區的，把土地還給阿拉伯人。」智亞說，「可是，以色列保守派勢力真的太大了……」

眺望著沙漠，智亞說：「喏，那就是西岸了。你看那邊有一帶田地，種的馬鈴薯好吃極了。」

可是正統猶太教的人並不在乎馬鈴薯的味道。他們說，《聖經》上寫的，第七年不能耕作，必須休息，所以以色列的農業必須停擺一年。其他的人恐慌了，停一年，吃什麼呢？折衷的辦法，是把田地租給外國人去耕，那就合乎《聖經》指示了，皆大歡喜。可是，現在又有正統派人士說，讓外人耕是虛偽、欺騙，因為外人種出來的糧食還是讓猶太人吃掉，猶太人不應該吃那土地上第七年長出來的東西。

「猜猜看這些白癡在國會建議什麼解決辦法？」卡碧的眼睛在冒火：「他們建議把以色列出產的麥子賣給美國，然後再向美國買麥子回來吃。你說是不是瘋子？」

17 裴瑞斯（Shimon Peres，1923-2016），一九五九年當選國會議員，至二〇〇七年擔任以色列總統，政治生涯長達半世紀以上。一九九四年時任外交部長，因《奧斯陸協議》，與以色列總理拉賓、巴勒斯坦領導人阿拉法特一起獲得諾貝爾和平獎。

哭牆通往「受難路」

只有這麼一堵白牆殘留下來。白牆前立著黑色的人影。一身黑衣黑帽的猶太人面對牆，合掌撫牆；默然低頭的片刻，幾千年骨肉流離失所的痛苦都融入牆的陰影中。執矛槍的羅馬百夫長曾經是猶太人的統治者，按著煤氣房開關的日爾曼人曾經是猶太人的迫害者。濕潤的哭牆上至今沒有青苔，恐怕是因為人類的眼淚太鹹了。

耶穌當年想必也看過、繞過這堵白牆；一條古道剛剛被發掘出來，古道蜿蜒，可以通到「受難路」，形容枯槁的耶穌走向十字架刑場的小路。

小路仍舊是條石板路，夾在兩邊廟堂的陰影中，路上往往只偶爾露出細縫似的陽光。

> 猶太長老們認為耶穌使死人復活，純粹是異端邪術的魔法，便召開法議大會來商討對策……猶太人擔心若是救世主風波一再擴展下去，羅馬帝國可能派兵前來干預，後果不堪設想；若這樣由著他，人人都要信他；羅馬人也要來奪我們的土地和我們的百姓。
>
> 於是他們張貼了四十天布告，通知全體民眾，任何人一旦知道耶穌下落，即應通報政府派兵捉拿……[18]

羅馬人迫害猶太人，猶太人迫害耶穌；日爾曼人迫害猶太人，猶太人迫害阿拉伯人……耶路撒冷吹起了羊角，嗚嗚的聲音裡透著哀傷，是猶太教人在莊嚴地過他們的贖罪日；從另一個角落裡傳來基督教堂的鐘聲，「噹噹噹」敲醒時間；清真寺那哀切的呼喚聲也低迴了起來。耶路撒冷籠罩在一片祈求的聲音裡。

18 取自《聖地之旅》，光復書局出版。

沒有可以想念的家鄉

以色列國會大廈

每個人都知道，這是以色列自一九四八年立國以來最重大的議題、最關鍵的一刻：一百二十位國會議員開始三天的辯論，然後投票決定是否支持拉賓總理和阿拉法特同意要簽訂的和平協定[19]。這是一九九三年九月。

近十一點，議員紛紛入座。天氣熱，多數人穿著短襯衫，露出手臂和胸膛上的毛髮。身材粗壯的國會議員那種架勢和街上計程車司機相差不大。總理拉賓和外交部長裴瑞斯倒是西裝筆挺，坐在馬蹄型會議室的中心。

我在二樓記者席的一個角落，坐下。

全體起立。以國總統魏斯曼走進會議大廳。然後在鬧哄哄中，各國記者在樓上走來走去，國會議員在樓下走來走去。

總理拉賓[20]上台了，開講了，鬧哄哄很慢、很慢地才安靜下來。

國會外面，反對和談的團體正在積極準備長達四天的群眾大示威。和阿拉伯人誓不兩立的猶太團體指控拉賓是賣國賊，他的和談將置以色列於死地。

前一晚，記者問拉賓擔不擔心右派即將發動的大規模示威抗議，拉賓沉靜地說：

「我是個軍人，還是個國防部長。相信我，兩萬還是四萬個示威者的抗議聲，對於我，比不上一個兒子戰死的母親的眼淚給我的震撼……我是一個身經百戰的人，所以我要尋找和平的出路……我知道這是一個機會，雖然也是一個危機……」

此刻站在講台上的拉賓，頭髮銀白、語調溫和，完全難以想像他是一九六七年戰爭那個作戰指揮，更難以想像在一九八五年他就是那個首創「鐵拳」策略的國防部長，對巴勒斯坦居民

19　即《奧斯陸協議》，一九九三年八月在挪威祕密簽署，九月十三日在美國總統柯林頓見證下，以色列總理拉賓與巴勒斯坦解放組織主席阿拉法特，於白宮舉行歷史性會面；彼此承認對等政權，巴人得以成立自治政府。

20　拉賓（Yitzhak Rabin，1922-1995），軍人出身，以色列工黨領袖，兩度出任以色列總理，力主與巴勒斯坦達成和解。一九九五年十一月四日遭右翼激進猶太主義分子槍擊身亡。

無所不用其極地打擊壓制，不經審判監禁巴人、以推土機直接摧毀民宅、驅逐異議者⋯⋯。對巴勒斯坦，「打碎他的骨頭」是他內部的口號。

此刻，在我眼前，他正在談傷心母親的眼淚。

「一百多年了，我們在尋找家土；一百多年了，我們試圖平靜地生活，種下一棵樹，鋪好一條路。一百多年了，我們試圖和鄰居修好，過免於恐懼的生活；一百多年了，我們一邊夢想一邊作戰⋯⋯在這片苦難的土地上，我們和炮火、地雷、手榴彈生活在一起。我們深深種下，他們連根拔起；我們建築，他們摧毀；我們守衛，他們攻擊。我們幾乎每天在埋葬死者。一百年的戰爭和恐怖使我們傷痕累累，但並不曾毀掉我們的夢想——我們百年來對和平的夢想⋯⋯」

真是動人的演講，可是拉賓是就著稿子逐字逐句念的，而且是面無表情、聲調平坦念經似地誦讀。他顯然不是個有魅力的演說者。但是當下面反對派的國會議員開始對他高聲叫罵時，你就知道，執意「念經」應該是拉賓的策略：叫囂聲中，他顯然下定決心不顧一切把稿子念完。議員的叫罵加上戲劇化的強烈肢體動作，都沒能驚擾他。他繼續面無表情、聲調平坦地逐字逐句念下去⋯⋯

議員對著拉賓捶頭頓足地抗議，支持和談的議員用同樣誇張的動作大聲回嗆，主席在一片叫罵聲中不斷地碰碰敲著「驚堂木」。一個關乎國家命運的以巴協定演說，就在一團亂哄哄中結束。

一樓圈在安全玻璃後面的一般民眾席上，這時突然傳來重重的敲打聲。兩個十來歲的阿拉伯少年掏出一塊巴勒斯坦國旗，奮力拉開，展開在玻璃上，讓國際記者看見。警衛三步兩步地衝過去，扯下了國旗，架走了少年。

「你看吧！你看吧！」反對和談的議員轉身指著後面的小騷動：「敵人就在我們背後。」拉賓坐下來，反對黨的領袖納坦雅胡[21]站上講台。大概反對一般比執政容易些，這傢伙就不用講稿，他激越高昂地指責拉賓政府：和談協定勢必最後導致巴勒斯坦建國，成為以色列心腹大患；和約等於背棄了幾十萬已經在約旦河西岸的猶太墾民，他們將成為阿拉伯人的獵物；耶路撒冷聖城也會被巴勒斯坦人分割……

納坦雅胡的演講也在一片抗議叫罵聲中進行，只是叫罵聲這回來自一個不同的方向——執政黨工黨議員。

納坦雅胡的演講超過了拉賓所用的半個小時，講到四十五分鐘的時候，外交部長裴瑞斯受不了了，搖搖頭，逕自站起來離開會場。工黨有人大聲喊：「納坦雅胡怎麼可以講得比總理還長。」主席說：「這是他的權利，對不起，拉賓也可以講得更長，是他自己決定不那麼做。」

21 納坦雅胡（Benjamin Netanyahu，1949-），一九八八年當選國會議員，之後領導利庫德右翼政治集團。二〇二二年至今，第三度擔任以色列總理，在任時間超過十五年。

納坦雅胡講到一個小時的時候，總理拉賓搖搖頭，站起來走了出去。有人大聲罵他：「人家總統先生還坐在那裡，你總理怎麼可以走了？」另外的人就回嗆：「為什麼不可以！」

講了一個半小時以後，一片嘈雜中，納坦雅胡才走下了講台。

三天的國策辯論，今天只是頭一天。

玫瑰山的夜晚

反對與巴勒斯坦和談的右派，在《耶路撒冷郵報》上刊出全版廣告：

國會將舉行三天辯論，我們將舉行四天示威。

以色列已深陷危機！

讓人民自己決定！

六點鐘，黑夜已經降臨。接近國會大廈的路線全部管制交通，到玫瑰山必須棄車跋涉。

這是一場關於民族生死存亡的示威大會嗎？看起來倒像個歐洲的嘉年華會。一個帳篷接著一個帳篷，桌上擺著宣傳自己信念的刊物。賣棉花糖的、冷飲的、麵包三明治的，忙碌地做著生意。哪裡傳來烤肉香味，和擴音器傳出的音樂，在夜空中織出一種祥和的氣氛。擁擠的人群，據估計有七、八萬人，不是面露凶光的光頭少年，也不是撐黑旗的無政府主義者，也不是面容削瘦的礦工積極分子。絕大多數，是拖著長裙的母親，手裡提著食籃，裙邊圍著五六七八個高高矮矮的小孩，一臉鬍鬚的父親推著嬰兒車，車裡的小嬰兒正咕咕地和自己說話。

一家人找到草坪上一個小角落，挨挨擠擠坐下來，開始野餐。

十個猶太男人聚在一起就開始祈禱。

「他們一天要禱告三次。」一個帶美國口音的老人說。

他叫約翰，是個生在波蘭的猶太人，孩童時和父母因逃納粹到了南美，而後美國，而後以色列。

「我是以色列人，這是我的家。」

「你為什麼反對以阿和約？」

「因為這塊土地是我們的。《舊約聖經》上寫著這是神給我們的家園。我們第一次被放逐了七十年，第二次被放逐了兩千年，現在我們回來了，我們死也不走的。」

「那在這兒也生活了好幾百年的巴勒斯坦人怎麼辦？」

老人瞪我一眼，很決斷地說：「沒有巴勒斯坦人這個東西。巴勒斯坦是我們的。他們是阿拉伯人！」

「好，隨你怎麼說，你說這些阿拉伯人該到哪裡去？」

「世界上有二十多個阿拉伯人的國家，他們是兄弟啊，讓他們去約旦、去敘利亞、去伊拉克，哪裡都可以，就是得把這塊地給我們留下來。我們是猶太人，世界上只有一個猶太國家，就是以色列，我們才沒有別的地方可去……」

「可是加薩是你佔領的土地——」

「沒有佔領這回事——」老人憤憤打斷我，「沒有佔領，那些地方是神給我們的地方。」

「好好好，」我揮揮手，「你寧可繼續活在戰爭和恐怖攻擊的陰影下？你的下一代也是？」

「對，」他臉向著天，肅穆地說，「我當過兵，知道怎麼用槍。必要的時候我不會吝惜一顆子彈。我的下一代也一樣。」

隨著甜美的音樂，順著嘻笑的人群，經過一個帳篷，一個年輕人身上背著一管長槍。

「你背這槍幹嘛？」

「殺阿拉伯人，」年輕人輕快地說，「因為他們要殺我們。」

鑽出帳篷，差點撞上一個大立牌，立牌上畫著阿拉法特[22]和拉賓握手的卡通像；兩個人的手掌都淌著鮮紅的血，旁邊一行字：「拉賓就是姑息的張伯倫，阿拉法特就是希特勒。」

什麼角落傳來嬰兒的啼哭聲。

路透社的機器滴滴噠噠打出此刻發生的事情：加薩走廊三十六歲的穆罕默德·夏巴，一個活躍的阿拉法特支持者，在慶祝以巴和約聚會回家的路上，被殺手用機關槍射殺，當場死亡。

大約就在我和老人談話的同一時刻。

投票

今天是國會辯論第三天早上。原來已經開溜的議員——有一度會議席上只剩七個人和記者，又紛紛湧了回來，等待最後的時刻。最後上台的是外交部長裴瑞斯，也是以巴協定的幕後主推之一。他採取了和拉賓截然不同的策略，演說時慷慨激昂，而且毫不留情地指著前任總理夏米爾（屬保守的聯合黨）的鼻子，罵他言行不一，因為夏米爾執政時曾經和巴解組織代表見面，並且也沒有抗議巴解自稱「代表巴勒斯坦人民」。

辯論中許多感情衝動、聲色俱厲的互罵也使我這個台灣人覺得熟悉。以色列人常年來拒絕承認巴勒斯坦問題的存在，在「漢賊不兩立」的堅持上與台海的對立頗為相似。大辯論中從右派角落不斷傳出「賣國」的叫罵，情緒之激烈、語言之煽動，讓人聯想近年來開始在台灣流行

22 阿拉法特（Yasser Arafat，1929-2004），出生於埃及，年輕時就加入對抗以色列的游擊隊，一九五九年成立法塔赫（巴勒斯坦民族解放運動），為巴解組織中最大派別，原主張把猶太人從阿拉伯土地上剷除，後改和平談判策略。一九九四年巴勒斯坦自治政府成立擔任主席。

的「賣台」敘述。

四百多萬人口的以色列覺得被大於自己兩百倍人口的阿拉伯人包圍，有強烈的危機感。在許多右派議員的觀念中，將耶利哥和加薩走廊還給阿拉法特，等於給弱小的以色列定下了任人宰割的死刑。有一天，耶路撒冷將被吞掉，以色列人將被阿拉伯人趕入大海。

在激動的叫罵抗議聲中，裴瑞斯結束演講。罵聲很大，但是沒有人敲桌子、丟椅子，沒有人衝上講台，沒有人講髒話。有的只是面紅耳赤、比手劃腳、大聲嚷嚷。

這畢竟是一個民主國家。投票結果公布了：六十一票贊同，八票棄權，五十票反對。執政黨可以鬆一口氣，雖然只是區區六十一票（其中還有五票來自阿拉伯裔議員，也就是說，投贊成票的猶太人只有五十六位）。

這個投票的過程，讓有些人憂慮：以色列小國是個民主國家，民主國家的運作是透明的，在某個程度上，也就有「敵暗我明」的弱點。龐大的阿拉伯國家群卻有完全不同的運作方式。伊拉克、伊朗、沙烏地阿拉伯……，都不會用議會來決定政策。

約旦河西岸

耶路撒冷中央車站斜對面有幾個站牌，等車的人不是形色匆匆趕著上班購物的現代都市人群，而是拖著及地長裙、抱著嬰兒的女人和全副武裝的士兵。這是專門開往猶太屯墾區的車站。

巴士來了，看起來像一般的公車，開著冷氣，但是你知道，這車有特別的玻璃窗，它是防石頭的。猶太人屯墾區深入以色列佔領的約旦河西岸，巴士要經過一個又一個大大小小巴勒斯坦人的村莊。一九八七年「因地發打」[23]爆發之後，這些來往屯墾區的汽車就成為石頭和汽油彈攻擊的目標。

在司機背後的位子坐下；司機正在收聽國會辯論的廣播。以色列人生活著呼吸著政治，駕駛人傾聽的不是輕鬆的音樂，而是新聞，無時無刻不豎耳聽著新聞，一種睡在地雷區、枕戈待旦的生活方式。

穿著草綠軍服的士兵在我身邊坐下，一隻手一直握著腰上黑色的機關槍。

約旦河西岸這個大約五千多平方公里大小的土地，在一九六七年的戰爭後被以色列佔領。佔領區有一百一十萬的巴勒斯坦人，十萬個猶太人[24]。這少數猶太人群聚在一個個屯墾區的據點，有的，是為了想遠離城市生活方式而來到沙漠裡，多數，卻是為了一個宗教理想而離群索

23「因地發打」，Intifada一詞在阿拉伯語意為「起義」。指一九八七年第一次巴勒斯坦大起義，起因於以色列的卡車在加薩地區輾死四名巴勒斯坦人，引發巴人群情激憤，他們在街頭投擲石塊、自製燃燒瓶與以方軍警對抗，或遊行罷工，抗議以色列的長期軍事佔領。此起義要到一九九三年簽署《奧斯陸協議》、巴勒斯坦自治政府成立後才告一段落。

24 西岸佔領區在二〇二三年，大約有兩百七十多萬巴勒斯坦人，以及六十七萬以色列猶太墾民。

居，譬如在另一頭等候著我的簡妮和耶舒華。

公車走在寂寥的路上，兩旁盡是石礫沙漠，寸草不生的貧瘠沙地。阿拉伯人的村子也毫無綠意，由石頭房舍構成，好像是沙漠的一部分。汽車在兵營前停車，讓士兵下車，繼續單調的行旅。到了第一個屯墾區，女人抱著嬰兒下車。屯墾區四周圍用鐵絲網圍著，大門有士兵守衛。

到了Kochav Hashachar屯墾區，在離開耶利哥二十公里的沙漠裡，耶舒華的兩個孩子在車站等著我——三歲的瑞貝可和一歲半的羅絲。瑞貝可領路到了她家，見到她另外六個兄姊。耶舒華只有八個孩子，隔壁那一家有十二個，對面那一家有六個；這個屯墾區有一百三十家，總共大約有五、六百人口。

「猶太教鼓勵多生孩子，越多越好，」簡妮抓著一把生菜，隨手甩在桌上，開始切青椒，「而且我覺得，猶太人要壯大，必須先要增加人口。經過納粹屠殺，我們人少了那麼多，所以我們要努力多生……」

簡妮是個生在美國、長在美國的女性，她開口閉口說的是「我們」如何如何，這個「我們」指的是猶太人。

「為什麼離開美國？因為這裡才是我們的土地，這裡的人才是我們的民族。為什麼來到沙漠？因為都市人口太多對以色列的國家發展是不好的，我們的國家需要往鄉村擴展，求取城鄉平衡，我做的是我認為以色列這個國家最需要的事……」

一個流鼻涕的孩子在嚎啕大哭，一個拿著畫筆在桌面上塗鴉，一個坐在馬桶上喊沒有衛生紙了，一個正和另一個搶什麼東西扭成一團……簡妮將一盤烤焦了的魚端上桌，十個盤子裡分別剷進一小片，再丟上一小撮生菜。果汁沖了大量的白水，只有一點點果汁的意思，八個孩子大大小小陸陸續續地入座，有的用爬的有的用跑的。

現代的女性講追求自我，簡妮，你的「我」在哪裡？

「在孩子、在信仰裡，」她很篤定，「猶太人流浪了兩千年，我們只有『我們』沒有『我』。你知道每個星期五在耶路撒冷街頭穿上黑衣服的女人吧？」

知道。參與和平運動的以色列婦女，每個星期五，一身黑衣，立在街頭，抗議以色列的佔領政策，她們要求政府和巴勒斯坦人和談，停止殺戮。

「這些女人代表的是猶太人的少數；她們多半是大城市的現代婦女，要嘛就是單身，要嘛就只生兩個孩子，想想看，」簡妮扯來一塊抹布擦桌上正打翻流下來的果汁，「十個黑衣婦女只代表十個猶太人；十個屯墾區的穿長裙的婦女，譬如我，代表的可是身後八十個猶太人。我們才是猶太人的大多數……」

而這個猶太人的「大多數」認為：巴勒斯坦這片土地是神賦予以色列人的契約，「地契」白紙黑字記載在《舊約聖經》裡。

《聖經》裡的白紙黑字作為二十世紀生活的依據？

簡妮點點頭，「當然。」

她不急著清廚房，「一個有八個孩子的家，必須是髒的，如果做母親的把精力放在孩子上而不放在打掃上的話。」她在搬盤子；這一疊，是不能沾到任何奶品的，那一疊，是可以沾奶品的。沾過奶品的不能再裝肉，裝了肉的絕不能碰奶品。因為《聖經》說的，你不能用牛的奶煮牛的肉……

她把奶盤子和肉盤子仔細地分開，你突然靈光一閃地大悟：是了，如果連碗盤的分類都得以《聖經》的白紙黑字為依據，那麼土地的歸屬也以神的意旨為根本定義，實在是理所當然，天經地義。

她不是狡獪地以《聖經》來自圓其說，她確實死心塌地相信《聖經》裡每一個字。

沿著屯墾區的鐵絲網走一圈。

「搭鐵絲網以前，我們曾經辯論過很久。反對搭網的說：把自己圈起來，等於承認，圈裡的土地是屬於我們的，圈外土地就屬於阿拉伯人了，這不是自打耳光嗎？主張建網的人當然認為這樣比較安全，甚至網上應該通電，防止阿拉伯人偷襲。後來，有人聰明換了個說法，搭鐵絲網只是為了避免阿拉伯人的驢子和山羊闖進來踩壞我們的草地。這麼一說，鐵絲網案就通過了。」

耶舒華從城裡回來了，我站起來，向他伸出右手。他和我和氣地寒暄，對我還伸出的右手卻好像沒看見。

為什麼？為什麼不和我握手？我禮貌但直率地問。

夫婦倆顧左右而言他，好像很難啟齒，尷尬極了。好，明白，這大概又是奶盤子和肉盤子的問題。

第二天，以色列作家葛仁向我解釋：傳統教派的猶太女人在月經過後一個星期，必須經過一個淨身儀式，然後才可以和男人接觸。也就是說，傳統教派的猶太男人，因為無從知道女人是否已經有過那個淨身儀式，他原則上就不和任何女性握手。

「拉賓政府背叛了我們，」耶舒華真的是攜家帶眷、一家十口，陪著我走到車站，他說，「說要把耶利哥還給阿拉伯人，界線怎麼畫？我們這個屯墾區究竟屬於巴勒斯坦還是屬於以色列？政府又要怎麼保護我們的安全？阿拉伯人現在要有他們自己的警察了，你知道嗎？他們的警察原來都是恐怖分子，你聽過恐怖分子如何保障人權嗎？」

只用一套盤子吃奶也吃肉的作家葛仁，大大不以為然：

「這是沒有辦法的事。屯墾民可以決定離開墾區，遷回以色列。要繼續留在別人的土地上，就得接受自己變成巴勒斯坦國的居民，接受巴勒斯坦國的法律。想想看，我們以色列也有很多從巴勒斯坦過來的阿拉伯人，他們接受了以色列籍，就遵守了以色列的國法。那些屯墾民如果決定留下來卻又不肯接受巴國的法律，那誰也幫不了他的忙。」

「十三年前，我們響應政府的號召，為了以色列的國家前途來到沙漠中。」簡妮抱著一個小的，裙子兩邊拖著幾個大的，「現在政府卻將我們拋給狼群。我們撒下種子，讓青草在沙漠中長出來，屋前每一根青草都是我們用手種出來的，現在，教我們到哪裡去呢？」

「我們哪裡都不去！」耶舒華悶悶地說，「這是神許給我們的地方。我們死也死在這裡。」

巴士在夜色中駛向耶路撒冷。因為沒有任何樹遮住視野，所以月光特別亮，照著整片約旦河谷，沙漠在月光下發著白色的光，異常地森冷。

加薩走廊

從耶路撒冷到加薩佔領區只是一百公里的路程，但怎麼去呢？租輛車開去，但我若是開著以色列牌照的車進入巴勒斯坦的地盤，有被亂石砸死的可能。唯一的辦法是將車開到以巴邊界，再換巴勒斯坦人開的當地的車。

公路在高高低低的沙礫丘陵上蜿蜒。出發之前，讀到《耶路撒冷郵報》：贖罪日星期五當天清晨二時起關閉所有通往「區域」（以色列人不用「佔領」這個辭）的檢查哨口，因為據說恐怖分子可能在節日中有所行動，抗議以巴協定。瓦立每天早上從加薩佔領區出來到耶路撒冷工作，今早就差點不讓出來。瓦立是我的翻譯兼駕駛。

遠遠看到哨口，瓦立就把「記者用車」的牌子放在車窗上，持槍的以色列士兵檢查別人的證件，揮揮手就讓我們過去。一過邊界，瓦立就把一條頭巾——跟阿拉法特頭上一模一樣的頭巾——展開在車窗上，避免那個以色列車牌所可能帶來的麻煩。

邊界附近有個加油站。我們在這裡換車。所有的外國記者都將這兒當換車點。加薩走廊，這塊被以色列佔領了二十六年流了不少血的地方，就在眼前。

沙，到處都是沙，建築、馬路、汽車、樹，全是灰撲撲、髒兮兮的。垃圾堆在路上，似乎很久沒人來收。水溝沿著街道發出臭味，騾車在沙路上軋出凹凸不平的軌跡。這是一個極端貧窮的都市，這是一個沒有人在收垃圾、清洗馬路、管理衛生或任何公共設施的都市。

八十多萬戰爭難民住在這裡，構成世界上最大的難民營[25]。聯合國為難民蓋了許多簡陋的房子，但是難民營和正常市區的差別不大，都那麼殘破灰敗。路，大多是沙或土路，披著頭巾長袍的女人圍成一圈聊天，就坐在土上。

25 二〇二三年加薩走廊人口達到兩百萬。

前面有輛軍用吉普車，上面坐著武裝的以色列士兵。吉普車速度極慢，瓦立把車慢下。「規定，」他解釋，「軍車不准超，會被當作挑釁。」

轉角，士兵在路檢。巴勒斯坦人一一呈上證件。士兵看到我們的記者車，揮揮手要我們超車通過。

「他們不希望外人看到這裡的情況。」瓦立說。

路上全是泥坑和無處可去的垃圾。牆上，家家戶戶的牆上，全是一種髒髒的五顏六色塗鴉，政治塗鴉。一年又一年沒有未來的淪陷生涯，壁上塗鴉是唯一的一種控制不住的「言論自由」。

兩個星期前，當阿拉法特和拉賓握手的新聞傳來，加薩人衝上街，街上滿滿地是相互擁抱的人，流淚呼喊著：加薩要還給巴勒斯坦了！家家戶戶飄著巴勒斯坦人的旗幟。沒有旗的人，就把自己家門、圍牆、電線桿塗成旗子的顏色。許多旗子顯然是趕工製造的，應該是綠色的一道竟然是青色、藍色。

沒有什麼樹，沒有球場、沒有電影院、沒有圖書館、沒有百貨店、沒有公共汽車……這是一個一無所有的都市，而由於被敵人長期的佔領和圍堵，這也是一個沒有人在照顧公眾生活品質的都市。

垃圾的範圍不斷地擴大、擴大……

索非第達（三十三歲，**巴勒斯坦解放組織PLO**[26]**加薩支部發言人**）

問：請介紹一下你自己。

答：我出生在加薩難民營裡面。在貝魯特阿拉伯大學讀社會學的時候，加入了抵抗組織。後來被抓了，以色列人關了我十二年，今年四月才放出來。

問：加薩的巴解組織做些什麼事？

答：現在最忙的是舉辦各種說明會，幫助老百姓理解阿拉法特的和平計畫。他今天在北京你知道嗎？我們要爭取群眾的支持。另外，譬如說，我們得趕製國旗，一夜之間需要幾千面國旗分發。反正，我們執行阿拉法特從突尼斯交代下來的政策。

問：對這個以巴協議，你最大的憂慮是什麼？

答：最擔心的是以色列新政府上台不知會不會繼續這個和談政策，戰爭會再啟，這我擔心。

問：你自己這邊的意見分裂你就不擔心嗎？

答：不怎麼擔心。我們的激進派是少數，支持阿拉法特的是大多數。和約簽定那天你看看

26 巴勒斯坦解放組織（Palestine Liberation Organization），簡稱「巴解」，一九六四年成立於埃及開羅，是一個混合政治軍事組織，現由十個派系所組成，主張以談判手段建立一個獨立的巴勒斯坦國。為國際公認的巴勒斯坦自治政府的官方代表。

加薩的街道，真正是舉國歡騰。我們是有民意後盾的。

問：被關了十二年，你現在最憧憬的前途是什麼？

答：是建國，建立巴勒斯坦人自己的國家，是盡一切力量建立一個民主自由的巴勒斯坦國。

問：這是不是一個不現實的夢想，因為在現有的二十來個阿拉伯人所建的國家裡，還沒有一個是民主國家？

答：那當然還只是個夢想，但是巴勒斯坦人所受的磨難壓迫超過所有其他阿拉伯人。或許在這個基礎上，我們會更努力地朝容忍、民主的方向走。

加薩難民營

走過幾條灰撲撲的路，就到了難民營。

一九四七年，聯合國分割了英國所托管的巴勒斯坦，百分之五十六的土地分給猶太人，其餘給阿拉伯人。一九四八年五月十四日，猶太人對全世界宣布以色列的建國。同一個晚上，五國聯軍——埃及、約旦、敘利亞、黎巴嫩、伊拉克——殺進以色列國界，他們要為巴勒斯坦人奪回土地，那分出去的百分之五十六必須全部搶回來。

五國聯軍敗得很慘。當停戰協定簽下的時候，以色列不只佔有那百分之五十六的土地，它佔了百分之七十七。

五國聯軍闖入以色列國界的時候，馬他只有十八歲；他和所有村子裡的人一樣，守在家裡等候阿拉伯大軍趕走了以色列人的捷報。阿軍潰敗的消息來得太突然、太不可置信，他的一家人只來得及抓取幾件身邊細軟，攜老扶小沒頭沒腦地往南逃，南邊，是埃及軍隊保護下的加薩走廊。

連夜倉皇逃難。路上聽說，離耶路撒冷不遠的一個阿拉伯村子裡，兩百五十個村民被以軍集體屠殺。往加薩的沙土路上，難民的襤褸隊伍綿延百里，不斷有整村整村的人加入。

馬他在家鄉所留下來的，是一百平方公里大的家產：果園、牲畜、僕人，幾百年好幾代人建起來的家園。在逃亡的路上，他想：沒有關係，仗很快會打完，我們很快就會回去。

聯合國在加薩搭起了難民營，幾十萬男女老少擠在帳篷裡等候救濟，等水，等食物，等回家。

在這等候的過程中，以阿之間爆發了四次血腥戰爭，每一次戰爭都燃起重回家園的希望，現實卻和夢想相反：每一次戰爭所帶來的，是成千上萬流離失所的難民，一波一波地湧入加薩。

現在的加薩，是世界上人口密度最高的地區，平均每平方公里有兩千三百五十個人[27]。

27 二〇二三年加薩走廊的人口密度，是每平方公里有五千五百人。

一九四七年被迫離鄉，躲入加薩難民營的馬他，當然作夢也沒想到，一九六七年一場戰爭，連加薩也被以色列佔領。在我見到他的這一天，他已經做了四十五年的難民。離鄉時十八歲，現在的他，六十三歲。

一生漂流，垂垂老矣，他終於知道他再也回不去老家，這難民營就是他埋骨的地方。他的九個孩子，全部在難民營中出生、長大。

「九個孩子，最小的十八歲。每天過檢查哨口到以色列那邊去做工，今年四月，以色列關閉了所有哨口，不能去工作，已經五個多月了。賺多少錢？平安無事的時候總共賺大約一個月三千塊（一千一百多美元），三千塊要養我一家三十七個人口，不夠，當然不夠，但是能怎麼辦呢？我們一家人每個月要吃七麻袋的麵粉……」

「能夠和您太太聊聊嗎？」

肥胖的太太坐在手織的墊子上，兩眼空洞茫然，看起來有六十多歲。

「您多大歲數？」

「四十五。」

「您的眼睛？」

「有天晚上，大家都睡了，幾個以色列士兵闖進來，要抓走我的兒子，我哀求他們放我的孩子。後來很亂，士兵朝屋裡丟了個催淚彈，我的眼睛一黑，以後就瞎了。」

一九八七年底，加薩人開始了「因地發打」抗暴運動——民眾以罷工、罷市、丟石頭、丟汽油彈攻擊佔領區的以色列士兵。就是在這個時候，拉賓說，對「因地發打」的巴人，要「打碎他們的骨頭！」

「您有鼓勵您的孩子加入『因地發打』嗎？」

「我是一個母親，我愛我的孩子，我要他們好好地活著。不，我把他們鎖在家裡不讓他們去鬧事。」

「您從早到晚做些什麼事？」

「我坐著。」

「坐著？」

「坐著。」

「不悶嗎？」

「我悶得要瘋了。我要一個正常的、平安的生活，我悶得要瘋了。」

馬他蹣跚地站起來。清真寺響起呼喚的誦聲，他得去祈禱了。「旁邊這位親戚還可以跟你多聊聊。」

親戚是個穿著白袍的男人，看起來有五十歲。

「您多大歲數？」

「三十七。」

「三十七？」

「三十七。一九五六年生在這難民營裡。有四個孩子。我是加薩醫院裡的清潔工，一個月大約賺四百美金。」

「夠養家嗎？」

「這麼說吧！每個學期開學的時候，我連買麵粉的錢都不夠。」

「哪裡是你的家鄉？」

「這裡，加薩難民營。我的父母還念念不忘他們家鄉的橄欖樹園，我自己什麼都沒有，這個難民營就是我人生的一切。你知道嗎？我沒有可以想念的家。」

「對以阿和談寄予什麼樣的期望？」

「希望孩子們可以有比較好的教育，希望我們會有比較好的醫院。在醫院裡工作，我知道裡面的情形；你剛剛問我下了班做不做什麼運動，告訴你，做運動要是受了傷，醫院裡恐怕連消毒的藥水都沒有，讓你死掉。」

馬他回來了，又在牆角坐下。

「讓我為你們拍照嗎？」

馬他那像沙漠石頭一樣粗糙的臉，黯淡下來，「免了吧。」他說。

我收起相機。不錯，這裡不是個觀光地點。四十年流離，三千里山河。馬他將和他記憶中的橄欖園永遠地埋葬在一起。

哈瑪斯

阿亞朱義（藥劑師，六十五歲，哈瑪斯[28]成員）

問：哈瑪斯不支持阿拉法特的以巴協定？為什麼？

答：當然反對，絕對反對。我們要全部的巴勒斯坦，不是只有約旦河西岸和加薩佔領區而已！這是我們的世世代代生長的聖地，是我們的，不是猶太人的，每一寸都要爭回來。阿拉法特不能說，我們現在較弱，所以就妥協，要一兩塊地回來就算了，眼光要拉遠。你要知道，我們這一代弱，下一代不見得弱，下下一代有可能強。我們這一代爭不過以色列，下一代要繼續作戰，一代之後還有一代，永遠戰鬥下去，一直到我們收復河山。阿拉法特沒有權利因為一時權宜就把巴勒斯坦人的祖產給讓出

28 伊斯蘭抵抗運動，通稱「哈瑪斯」（Hamas）於一九八七年成立，主張用武力解放被以色列佔領的巴勒斯坦，也與隸屬於巴解組織的派系「法塔赫」相互競爭。二〇〇七年哈瑪斯奪走了加薩走廊的控制權，另一端約旦河西岸則由巴勒斯坦自治政府領導。

去了。

問：好，你反對這個和談，那麼你們哈瑪斯有什麼提得出來可以取代的主張呢？

答：阿拉法特根本什麼也沒賺到。加薩還給我們，可不是以色列什麼善意回報。他可是因為我們的反抗太強烈了，他覺得太頭疼，犧牲太大，他早想脫手了，阿拉法特還以為他得了個大獎。

說什麼「過渡期」看我們有沒有能力自治。笑話，我們當然能自己管自己的事，你看看我們有那麼多阿拉伯國家早已存在，說什麼觀察、什麼過渡。

問：你還是不曾回答我的問題：你們提得出什麼更好的方案？

答：唯一的回答，就是「抵抗到底」！這是我們的權利。

問：您的「抵抗」是什麼意思？包括恐怖暗殺？

答：我不稱它為「恐怖」。這是我們的國土，為了奪回自己的國土而奮鬥，你不能稱它為「恐怖」活動。我們拒絕被佔領，任何和「佔領」有關的人，都是我們抵抗的目標。

問：你們的最終目標是什麼？把猶太人全部趕走？

答：他們可以留下來，做為巴勒斯坦國的少數民族。巴勒斯坦土地——包括「全部」的耶路撒冷——都是我們的。他們可以留下來做「巴勒斯坦人」，由我們來保障他們平等的權利。

問：也就是說，在這土地問題上，你們哈瑪斯沒有任何妥協餘地？

答：沒有。而且任何妥協都一定會失敗，你看著吧。阿拉法特這個妥協政策不會長命。我們不會讓出任何一分一寸的土地。

有人進來買藥，藥劑師站起身來。我習慣性地伸出右手想和他道別，他只是面無表情地看著我懸空的手。

我懂了，這又是一個拒絕和女人握手的人。

他不知道他和他的敵人在某些方面非常相似。

走出西藥房的當時，我當然並不知道，藥劑師的哈瑪斯夥伴們正把刀插進一個以色列工人的後背。工人的屍體要到當天黃昏才被人發現，仆倒在一棵果樹下。

在躲避一輛騾車的時候，我一腳踩進水潭，菜市場的腐菜爛果積下來的臭水潭。大眼鬈髮的十二、三歲少年無所事事地坐在沙地上。破爛不堪的難民營旁有個以色列軍營，用鐵絲網圍著，天空飄著一面猶太人的國旗。

就在這條垃圾滿天飛的街上，在難民營和兵營之間，一九八七年十二月九日，爆發了巴勒斯坦人的抗暴運動，「因地發打」徹底改變了巴勒斯坦人自己的社會。敵愾同仇所激起的民族認同使原本鬆散的巴人體會到組織的重要；很快的，在佔領區所有的城市、村莊、難民營，都成立了自治委員會：教育委員會管理學校（以軍關閉了所有學校），商務委員會組織罷工，扶養委員會照顧被以軍射殺或監禁者的家屬。

巴人的種種自立救濟手段受到世界矚目，也給流亡在外的巴解組織帶來強大壓力。在佔領區內抗暴的巴人目標比阿拉法特的政府所要的來得小而明確：他們只要求以色列人退出佔領區，讓巴人建國。而阿拉法特的目標仍舊是一九四八年的老調：趕走以色列人，反攻耶路撒冷，收復河山。

一九八八年九月十三日，在「因地發打」開始的十個月之後，阿拉法特在歐洲議會發表了破天荒的演說：巴解組織接受聯合國對中東問題的裁定，也等於說，巴解組織正式承認了以色列這個國家，奠定下了以巴和談的第一粒種子。

也是九月十三日，五年之後的一九九三年，阿拉法特和拉賓在全世界的驚愕注目中，簽約，握手。

沒有六年的「因地發打」抗暴運動，會不會有今天的以巴和談？答案恐怕是否定的。

六十七歲的阿布達拉是加薩的中學老師，曾經被以軍逮捕過四十四次，前後總共坐過十五年的監牢，被刑求昏死過無數次，今天，他坐在家中布置舒適的地毯上，抽著菸。

「十五年，一天都沒白費。我們要自由、自主、和平。沒有人願意做奴隸。一九四七年，巴勒斯坦人有機會立國，但是那個時候我們昧於現實，與以色列人漢賊不兩立，寧可玉碎，不要瓦全，結果是一輸再輸。這一次如果我們再不把握機會，恐怕要萬劫不復。」

「十五年牢獄和抗暴，我學到兩個教訓：一個是人要勇於反抗，一個是要同時劃清夢想和現實。」

「因地發打」使以色列人疲於奔命，嚴重挫傷了士氣。士兵用槍托搗碎丟石頭的少年的手，用坦克車夷平游擊隊藏匿的村莊，流彈射死婦孺老弱，激起世人對巴人的同情，也震動了以色列人自己不安的良心。

但是，有時候，敵人是自己。

「因地發打」的種種運作之中，有一項是清除「巴奸」。為了便於控制，以軍收買巴人或者為他蒐集情報，或者居間做協調者。在「因地發打」的六年期間，已經有九百多個所謂「巴奸」被蒙面人暗殺。典型的運作方式：被指認為「巴奸」的人被綁架，然後刑求——用利刀凌遲，或者用燒溶的塑料滴在皮膚上，然後就地槍斃。去年六月，阿拉法特的一個幕僚阿布何塞在加薩公開呼籲停止私刑「巴奸」。三天之後，哈瑪斯將兩個五花大綁的「巴奸」丟到阿布何塞家門口台階上，開槍，呼嘯而去。

四十五歲的阿曼坐在我對面，臉上毫無表情。他是哈瑪斯的一員。

「在你眼中，什麼樣的人叫『巴奸』？」

「所有和以色列佔領軍合作的人。」

「什麼樣程度的合作？為以軍蒐集情報出賣同胞的人？還是為以軍收垃圾掃廁所的人？還是兩者？」

阿曼瞪著我，慢慢說：「所有的出賣者，所有的叛徒。」

走出阿曼的雜貨店，我還一直感覺到他沉鬱的眼光。

月光籠罩迦南

1

走之前，翻箱倒篋地尋找，終於在滿牆書架上一個手搆不到的偏遠角落裡找到了；踩上梯子，費力抽出來，再用抹布，把書面書背厚厚的灰塵拭掉，封面的燙金又亮了起來。

於是每夜入睡前，就在床上重讀這本老書，《舊約聖經》，從〈創世紀〉開始，很專心地讀。

2

黃昏時分，穿過迦法城門，走進狹長蜿蜒的阿拉伯市場。遊客已經稀疏，留著小鬍子的阿拉伯人閃著詭譎的眼光靠近來說：「裡間還有特別的東西，進去看看？」

搖搖頭，繼續往前走。

轉過幽暗深邃的迴廊，又是深邃幽暗的迴廊；踩過幾級石階，在意想不到的角落又是幾級石階。輾轉迴旋，走在歷史的迷宮裡，越走越深，越走越困惑，正覺得整個人已經陷在石牆石柱陰影中時，踏腳出去卻驀然發覺頭上一片晴空，月光，好像應承某種終身不渝的盟約，傾其所有地瀑瀉下來，照亮了整個古城。不知怎麼，我竟然立在一片層層疊疊、起伏有致的屋頂上頭，放眼縱看，白石砌成的房舍城垣、教堂回寺，在溫柔而虛渺的月色中縱橫交錯成一片驚心動魄的抽象線條。

今夕何夕？幾乎不敢眨眼，用眼光慢慢地、慢慢地描繪著月光所勾勒出來的線條。哭牆在清輝裡像一面巨大的舞台布景，黑色的人影幢幢，將靈魂的重量倚在牆上。眼光描過教堂的圓頂，越過城垣，遠處沙漠丘陵起伏，白色的沙，映著月光。月光鎖著古城，像一種蠱惑。

是七歲那一年吧？我第一次聽到這個名字。村子裡的外國神父讓赤腳的跳著叫著的孩子包圍著，他摸摸孩子的頭，給每一隻伸出的小手一張聖誕卡片。卡片上教堂和房舍縱橫交錯成一片抽象線條，線條上閃爍著五顏六色的金粉。

「多麼美麗——」七歲的我心裡輕輕地嘆息，手指慢慢地慢慢地描繪著微微凸起的線條，「多麼美麗……」美麗竟然能使人心疼。

「這是耶路撒冷，」神父說，「耶路撒冷，說說看。」

那麼多年以後，被什麼東西牽引著，來到一片孤寂的屋頂上，意外地撞見月光籠罩下的耶路撒冷；錯落有致的白石在黑暗中被照亮，顯得純潔寧靜，好像經過幾世幾劫，月光仍是月光，白石依舊白石。徐徐夜風襲來，隱然穿梭過無數個時空的迴廊，仰臉閉上眼睛，眼瞼仍能感覺夜風和月光的流動。

3

猶太人和阿拉伯人的血海深仇，只是一百多年的事嗎？開始，恐怕是五千年前吧！

神對阿伯拉罕說：抬眼望出去，往北、往南、往東、往西。你目光所及之處，都是我應允給你和你子孫的土地。（〈創世紀〉）

這片土地，就是石礫遍地的巴勒斯坦。阿伯拉罕的子孫，滿臉絡腮鬍、有八個孩子的耶舒華，振振有辭地說：「什麼佔領區？這是神許給我們的家產！你去讀《舊約》吧。」

我讀著《舊約》，卻發覺問題不像耶舒華說的那麼簡單，和神有私盟的阿伯拉罕固然是猶太人的始祖，他卻同時也是阿拉伯人的遠祖。你看，阿伯拉罕的妻，莎拉，不能生育，於是要阿伯拉罕以她的婢女為妾，婢女生子伊斯米爾，而伊斯米爾就是阿拉伯人的始祖。莎拉得列神的恩寵，以九十高齡而生子伊薩克，伊薩克的十二個孫輩，就成為以色列十二個部族的起源。

這麼說起來，今天以色列人和巴勒斯坦人的血海深仇，只不過是五千年前開頭的同父異母的兄弟之間爭奪家產的延續，也是人類歷史上纏訟最久的房地產糾紛。耶舒華你同意嗎？

4

三千年前，大鬍子耶舒華的祖先曾經有過一段黃金時代。才氣縱橫的大衛王東征西討，打下了一個叫「耶布斯」的小城，以此為都，並改其名為「耶路撒冷」；小小土城，在大衛王不可知的未來成為人類三大宗教的聖地、歷史的臍帶。

在中國的春秋時代，大概就在晉國攻下鄭國的前後吧，巴比倫的軍隊打進了耶路撒冷，放火燒城，俘虜了猶太國王和大臣、百姓。數萬猶太人流離、遷徙，這是猶太人第一次的大流亡，開始了兩千多年寄人籬下的生涯。

而耶路撒冷這個沙漠中的土城，則任它朝代興亡，高樓建起，高樓垮下。巴比倫人來了又走了，波斯人來了又走了，希臘人、羅馬人來了又走了，唯一不走的，大概只有那冷冷的月光。

當李淵稱帝，建立唐朝的時候，阿拉伯人的驃馬正馳騁沙場，南征北伐。「貞觀律令」頒定之後幾個月，阿拉伯人擊潰了拜占庭的軍隊，長驅直入耶路撒冷；巴勒斯坦開始成為回教徒的天下。

那是西元六三八年。

在一九九三年，如果你站在耶路撒冷郊外山崗上，往約旦河的方向望過去，你會看見阿拉伯人的村子歷歷在目。頭包白巾的老人手裡握著拐杖，赤腳行過沙礫滿布的荒野，他在找他的羊群。不一會兒，從土丘後面冒出一個黑巾蒙面的女人，那是他的妻，趕著羊群向他走來。

這一對滿面風霜的老夫妻和他們黃土色的羊群，已經在名叫巴勒斯坦這片土地上生活了一輩子，腳下踩的是一代又一代的祖先的足印。

西元六九一年，那是武則天即位後一年，阿拉伯人在耶路撒冷用巨大石塊建起了清真寺，地點就在穆罕默德升天前留下一個腳印的地方。耶路撒冷成為回教徒的「聖地」。月光照耀的時候，白色的巨石閃閃發光。

「我生在這裡，長在這裡，有一天要死在這裡。」

在耶路撒冷一個陰暗的騎樓下，老人抽著水煙筒，七、八個老人一排坐開，各自抽著煙筒，默默地聽著。

「我的父親生在這裡，我的祖父生在這裡，我的曾祖父、高祖父，墳都還找得到。可是猶太人說這是他們的地方。你說這是不是無賴？」

無賴不無賴我不敢說，歷史的無情我卻是知道的。

「歷史的無情，」老人說，「沒有人比巴勒斯坦人更清楚。我在這城裡活了一輩子，可是每次到約旦看親戚回來，我還得辦以色列簽證才回得來——你聽過什麼人回家得辦簽證的嗎？」

5

當阿拉伯人在巴勒斯坦種橄欖、餵羊群的那好幾百年，猶太人在哪裡呢？

猶太人一直在夾縫裡驚惶喘息。別忘了，當中國開始了五胡十六國的時代，基督教已經從異端成為羅馬帝國的國教。君士坦丁大帝將巴勒斯坦列為「聖地」——耶路撒冷、伯利恆，四處興起了基督教堂。一〇九九年，遠方而來的十字軍因此而理直氣壯地打進耶路撒冷，殺燒擄掠，手屠猶太教徒和回教徒。甚至到一五一六年當耶路撒冷納入土耳其人的鄂圖曼大帝國時，整個耶路撒冷不過三百家猶太人。

猶太人在哪裡呢？

他們在俄國、在波蘭、在匈牙利、羅馬尼亞……在每一個國家做「異鄉人」。不被本地人接納，也不願被本地人同化，他們聚集在城牆外，自成一區。他們的凝聚力如此強大，使本地人側目，時局不好時，猶太人就成為眾矢之的。一四九二年，哥倫布「發現」美洲的那一年，近二十萬猶太人被西班牙人逐出家園。是「家園」，因為大多數人已經在那兒活了好幾代，可是由於是寄人籬下，主人驅客只需揮手。所謂幾代家園，灰飛煙滅一瞬間。

抽水煙的老人啊，其實，最深刻了解歷史的冷酷無情、最能體會寄人籬下的痛苦的人，正是那今日使你無家可歸的猶太人啊……

一八八一年，你記得，就在這一年，中國和俄國訂定了《伊犁條約》，賠出九百萬盧布，在俄國境內的猶太人則面臨滅種的危險，上百萬的人被迫離鄉——多數人前往美國，少數人卻輾轉來到原鄉——巴勒斯坦，身無分文，只帶了一個夢想，或許手裡還有一本《舊約》。

百萬人的流離失所使許多猶太人開始以新的角度審視一下歷史難題：也許和地主國同化不是解決種族宗教歧視的辦法，也許，也許根本的辦法是建立一個屬於猶太人自己的國家。

從俄國回到巴勒斯坦的那些少數人就懷抱著這樣一個模糊的夢想，也是最初的所謂「錫安主義者」（Zionist），猶太建國主義者，原鄉主義者。他們流浪已久、疲憊已極，腳踏上巴勒斯坦土壤的那一刻，也就是我們這一代人所親眼目睹的以巴血海世仇的開始。當拉賓沉重地說，「一百年的戰爭使我們傷痕累累」，他回首眺望的，正是這些原鄉者在海灘上踩出的腳印，痕跡仍舊鮮明，因為淌血不斷。

痛苦使人團結。一八九七年，第一度錫安大會在瑞士舉行了。來自世界各個角落的猶太人議論紛紛，探討民族未來命運。原鄉建國論者還屬少數；有人主張將巴勒斯坦看作一種抽象的文化祖國，有人認為和寄居國密切合作才能保存猶太文化，有人害怕猶太人建國反而會促使寄居國更加迫害，更有人建議把猶太國建在非洲剛果⋯⋯。奇怪的是，在七嘴八舌的建國討論中，沒有人想到一個問題：

猶太人回「原鄉」建國，好，那麼「原鄉」上那幾百萬耕了一輩子地的阿拉伯人怎麼辦？錫安主義者喊出一個口號：「巴勒斯坦有國無民，猶太人有民無國！」理所當然，猶太人應該移民巴勒斯坦，皆大歡喜。

怎麼回事？巴勒斯坦怎麼會「有國無民」呢？那手持拐杖趕著羊群、赤足走過砂礫的老夫妻和他們一代又一代的先祖又算什麼呢？

他們不算「民」，因為他們不知道何謂「國」。到了十九世紀，阿拉伯人還不曾發展出國家觀念。在巴勒斯坦埋首種地的老農，只知道自己屬於哪一個家族、部落；問他是「哪國人」，他只能瞠目以對。一九一三年，當阿拉伯聯盟大會在巴黎召開時，與會目的也僅只於向鄂圖曼帝國爭取多一點政治權利，而不是要求民族自決。一直到一次大戰期間，土耳其人對阿拉伯人橫加暴虐，才促使阿人與英、法聯合，對抗已經分崩離析的土耳其帝國。交換條件是，英國將協助阿拉伯人獨立建國。

短短兩年後，一九一七年，英國人卻又在著名的《貝爾福宣言》[29]中，將巴勒斯坦許給猶太人建國——今天的以巴仇恨，竟是如此不可預見的嗎？或者說，人的短視使悲劇無可避免？

6

猶太人一波一波地湧往原鄉。文化中像強力膠似的凝聚力使猶太人組織起來，集體在巴勒斯坦買地。那在地上耕作的，是手掌上長滿粗繭的阿拉伯佃農，土地的所有權，卻在阿拉伯紳士的口袋裡，而這些紳士，住在遙遠的大馬士革、貝魯特。土地換了主人，原來胼手胝足的佃農發覺自己一夕之間失去了生計。

29《貝爾福宣言》，一九一七年年英國外務大臣亞瑟．貝爾福，致英國猶太人領袖的一封信，內文提到，「國王陛下政府贊成猶太人在巴勒斯坦內建立一個民族之家，並會盡力促成此目標的實現」，成為以色列建國歷史的重要文件。

「那又不是我們的錯！」屯墾區裡的簡妮，拖著及地長裙，邊煎蛋邊說，「我們是用錢買的地，巴勒斯坦每一寸地都是我們光明正大買下來的。我知道可憐了那些佃農，可我們有什麼辦法？」

腦子裝著夢想和理想，手裡緊握著《舊約聖經》的猶太人，充分發揮他們遠祖阿伯拉罕的精神，一踏上巴勒斯坦就開始屯墾，用手，用腳，用汗水和智慧。今天你從特拉維夫機場出來，觸目所及是這個忙碌的商業都市——誰能想像，在離現在不久的一九〇八年，幾百個墾民，攜兒帶女的，立在穹蒼和荒漠之間，低首祈禱，那就是特拉維夫的開始？

「你眼睛所能看見的，」剛下飛機的眼科醫生手指著行駛中的車窗外，我們在從特拉維夫往耶路撒冷的公路上，「都是我們親手種下的！」她驕傲的語調不能不使我又想起《舊約》裡的話。神對阿伯拉罕說：「抬眼望出去，往北、往南、往東、往西。你目光所及之處，都是我應允給你和你子孫的土地。」

眼科醫生是那個子孫，她認為她有權利、也有義務，在她目光所及的地上深深種植，盼望收穫。

土耳其帝國潰倒之後，巴勒斯坦又來了新的主人——英國人。在英國的統治下，猶太人不斷地湧入，阿拉伯人不斷地暴動，耶路撒冷不斷地流血。一九三六年，為了抗議英國不阻止流亡人潮湧進，阿拉伯人發起了長達六個月的罷工罷市運動。三年後，英國人終於承諾將在十年內給予巴勒斯坦人獨立，同時將猶太移民數目限制於七萬五千。

但是，這已是一九三九年，恐怖的一九三九年，歐洲的猶太人瀕臨絕境，煤氣房和集中營等著他們。英國定下的移民限制，等於給百萬的猶太人定下死刑。由於這個悲慘的刺激，十年後當猶太人立國時，同時也立下憲法，以色列將是世界上所有猶太人的祖國，對猶太人來者不拒。

為了自救，猶太人組織了地下游擊隊。在一九四五、四六年間，游擊隊調動了六十四艘船，將七萬三千人載往巴勒斯坦——這是現代版的出埃及記吧。像摩西以法術使埃及人的長子猝死，猶太人的游擊隊也訴諸恐怖暴力；大衛王飯店的爆炸中死了九十一個英國官兵。

7

沿著大衛王大街走向迦法城門，大衛王飯店就在右手邊。進進出出的不再是身穿制服的英國官兵，而是背著錄攝器材的各國記者，他們來為今天的耶路撒冷作歷史的註腳。

歷史的面貌詭譎難辨，或者說，歷史根本沒有面貌，只有面具，無數個面具。

當年炸死英國官兵的猶太恐怖分子，譬如比金，變成日後以色列的政治領袖。當年暗殺以色列政要和運動員的巴勒斯坦恐怖分子，譬如阿拉法特，成為今日巴勒斯坦建國的政治英雄。

恐怖分子和英雄領袖的差別，恐怕只印證了成者為王、敗者為寇的歷史規則。而當這些由恐怖分子蛻變為政治領袖的人風度翩翩地坐下來開會時，與他們意見不同的新恐怖分子又悄悄從他們身後竄起。

最詭譎的，莫過於面具的交換。猶太人曾經是歐洲的孤兒，他的流離使世人同情，他的艱苦建國使世人鼓掌，但是，猶太人有了歸宿之後，巴勒斯坦人成為新的猶太人——現在輪到他們流離失所，他們飽受寄居國的歧視，他們沒有國家的保護。巴籍作家Fouaz Turki在《失去繼承權的人》中寫著：

今天，兩個巴勒斯坦人碰在一塊兒，馬上就有一種「同是天涯淪落人」的同胞感，我們渴望團結，團結在一起承擔痛苦……以前所分隔我們的階級身分完全消失了……

「天涯淪落人」曾經是猶太人，現在，是巴勒斯坦人；猶太人的幸福，有很大一部分，建立在巴勒斯坦人的痛苦上。所以阿拉法特在一九七四年說，歐洲人做了傷天害理的事，對猶太人欠了道義的債，良心不安，但是這個債，卻要巴勒斯坦人來代償。

8

九三年十月二十八日，以色列人米拉其離開他那由鐵絲網圍起來的屯墾區，步行到鄰近阿拉伯人的村子裡去買雞蛋。阿拉伯人的雞蛋比較便宜。

沒有多久，人們就發現了米拉其焦黑的屍體。反對以色列和談的「哈瑪斯」殺了來買雞蛋的米拉其。

米拉其的朋友們，心情激動的猶太墾民，衝進阿拉伯人的小學，一把火燒掉了教室。

猶太人殺阿拉伯人。

阿拉伯人殺猶太人。

以色列人殺巴勒斯坦人。

巴勒斯坦人殺以色列人。

公元一九九三年。

9

經過長途的曠野跋涉，摩西和以色列人來到了迦南的邊緣；迦南，神所許給他們的土地。摩西挑選出十二個菁英做為偵察，出發前諄諄告誡：

你們去窺探迦南地；你們從南地上山地去，看那地如何，其中所住的民是強是弱，是多是少，所住之地是好是歹，所在之處是營盤是堅城……其中有樹木沒有。你們要放開膽量，把那地的果子帶些來。（〈民數記〉十三：十七—二〇）

十二個人潛入迦南地，花了四十天的時間偵察研究。回來時，帶來一支葡萄藤，藤上所結的葡萄粒碩大如斗，得由兩個人用棍子穿起來抬著走。葡萄，還有鮮豔的石榴和無花果，疲憊的以色列人展開笑顏：是了，迦南是個「流奶與蜜之地」。

10

有點冷。

哭牆邊上人影稀疏了，白石屋裡暈黃的燈一盞一盞熄滅，遠處沙漠和天的交際處出現幾點星光，驢子和馬都在溫暖的槽裡歇著。月光籠罩下的耶路撒冷，迦南，寧靜得像雪中的鵝毛飄下。

要卡斯楚還是切格瓦拉？
走過「非常時期」的古巴

一九九一年九月，在蘇聯正式解體之前三個月，蘇軍已經逐步從古巴撤離，每年數十億美元的蘇援終止。到一九九五年，古巴的國內生產總額縮減了百分之三十五，民生困頓，一直到二〇〇〇年才恢復十年前的水準。

我在一九九七年到了哈瓦那。

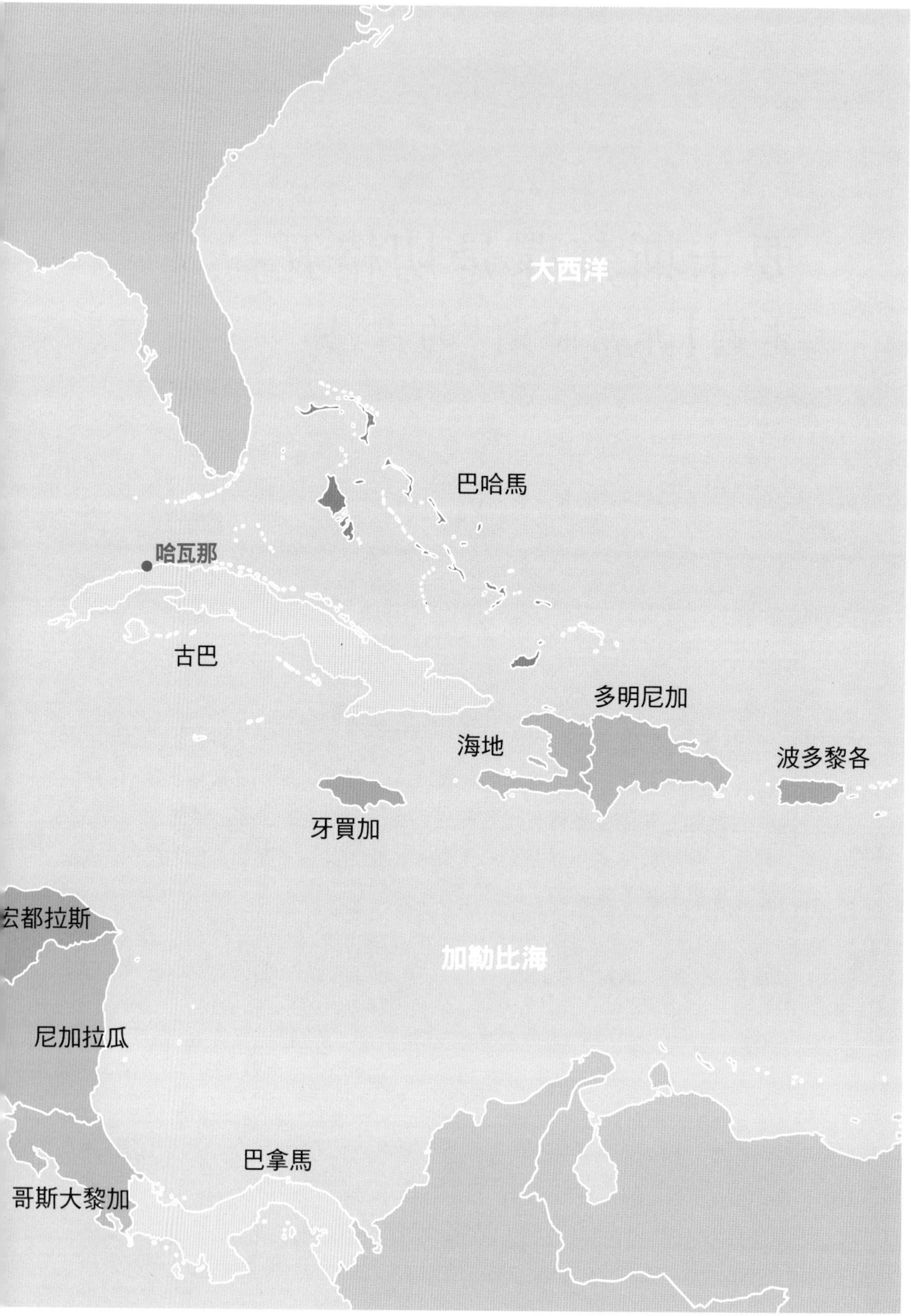
大西洋
巴哈馬
哈瓦那
古巴
多明尼加
海地
波多黎各
牙買加
宏都拉斯
加勒比海
尼加拉瓜
巴拿馬
哥斯大黎加

美國
墨西哥灣
墨西哥
貝里
瓜地馬拉
薩爾瓦多
太平洋

共產國家博物館

看見他的時候，他已經倒在地上，在騎樓靠馬路的邊上。他渾身髒臭，像隻垃圾堆裡鑽出來的狗。手臂細長，是那種常出現在集中營照片中飢餓不堪的皮包骨的手臂。陽光照著他赤裸的下半身；骯髒的屁股上黏著黑色的蒼蠅。

以為已經死了，卻發覺他手指動了一下。

我衝進小店，買了一個肥厚的三明治、一瓶礦泉水，又奔回騎樓。一個路過的人已經將他扶起，靠牆坐著。下體圍著一個破了洞的塑膠袋。

他閉著眼開始吃我的三明治，但是沒有力氣扭開礦泉水的瓶蓋。我打開了瓶蓋，將水瓶湊進他的嘴。當他眼睛睜開時，那樣明亮純淨的大眼，才發現他只是個二十歲上下的年輕人，雖然他身體的殘敗像個老人。

破塑膠袋掉下來的時候，我才知道，他，是個女孩子。

這個女孩子命不算太壞。在很多連年內戰的國家裡，在饑荒遍地、洪水肆虐的地區，她都可能一倒下就沒人理睬，餓死後像野狗一樣被掩埋。

她生在古巴。路過的行人顯然還不習慣路有餓死骨，紛紛停下來，四處找塑膠布為她遮羞；不嫌她髒臭將她扶起來；有人打電話叫了警察。二十分鐘後，警察就到了，將她送往醫院。在社會主義的古巴，她可以免費接受治療。

可是，像她這樣的人越來越多。八九年東歐革命之後，共產國家一個一個消失，古巴不止在政治上孤立，經濟上更失去了支援。原來和蘇聯以貨換貨，譬如說，白糖換車輛零件，九一年全面停頓。古巴進入前所未有的「非常時期」。[30]

石油沒有了，機器零件沒有了。國內的工業和農業無法運作。糖產減少了一半，肥料從八九年的一百萬噸降到九五年的十萬噸。水泥生產少了四分之三，鋼產減到三分之一。貨運卡車壞了的無法修復，好的沒有油可以開動。一九九六年的國民平均生產額比一九八九年低了百分之四十。

這是一個黑色的惡性循環。生產量減少，所以無法賺得外匯；沒有外匯，就買不起石油和機器零件；沒有石油和機器零件，農工停滯，無法生產。

唯一可以開拓的，是觀光業。古巴的經濟困境主要原因固然是因為共產集團的消失，然而古巴因此成為整個西方世界唯一剩餘的共產國家，卻招來了大批觀光客，爭先來看這活的共產國家博物館。一九八九年古巴只有三十一萬個來訪旅客，一九九五年卻有七十四萬。觀光客帶來的外匯成為這個共產博物館的生命線。

做為博物館裡頭被觀看的人，日子可不好過。糧食由國家限量配給：每人每月白米三公斤、豆類半公斤，一天只能配八十公克的麵包一個。八十公克的麵包比一個孩子的拳頭還小。魚和肉一年難得有幾回。牛奶只有七歲以下的孩子可以分到。也就是說，一個八歲正在換牙的小孩已經喝不到牛奶，得不到鈣質。

家庭主婦的一天充滿緊張和計算。她掐緊手裡的糧食簿，天一亮就趕到指定的商店去等開門。門一開，眼睛先找花生油。糧食簿上寫著每人每月可分到半斤油，但是九六年已經有半年多沒見到油。然後找雞蛋。每人每週可以分到三個蛋，但是已經有好幾個月沒見到雞蛋了。肉，很久很久沒聞到了。

30　蘇聯解體後，古巴失去了經濟援助和蔗糖補貼市場、石油供應等。這段「非常時期」的經濟危機，使人民陷於飢餓，後來古巴逐步有限度地開放市場，以緩解物資的嚴重短缺，也開放了旅遊業。此時美國卻加大對古巴的經濟封鎖制裁，但古巴仍堅持走社會主義道路與計劃經濟。

下午四點半，商店在午休之後再度開門。家庭主婦一擁而上，心裡抱著希望：也許下午可以看到食油、雞蛋，說不定竟然有肉。

家裡有孩子的人勢必要在自由市場上向農人額外去買牛奶和雞蛋。可是，誰負擔得起？木匠阿曼告訴我，他的月薪是一百四十披索（七美元），一公升牛奶要二十五披索，他的月薪買不到六盒牛奶。

而市場裡其實往往看不到牛奶和雞蛋。養了一隻羊、三隻母豬、一堆雞飛狗跳的農婦解釋說，沒辦法呀。人的糧食都不夠，沒東西可以餵畜牲。她的羊沒有奶，雞也不下蛋。他們自己喝一點豬奶。

日子困難，人就聰明起來。阿曼在他市區中心的公寓裡頭養了兩隻雞。當我看見陽台上的雞籠時，突然恍然大悟。從我敞開的旅館窗口，每天清晨聽見此起彼落的雞叫，我納悶著：在這樣人口密集的市中心，全是樓房和馬路，怎麼會有雞鳴人家？認識木匠阿曼，才知道，多少人家陽台上養著雞呢。甚至有許多人在廚房裡養著一頭羊，擠羊奶喝。

更大膽的人，就朝著觀光客走去。菸廠工人從工廠裡「節省」下幾盒菸，低價賣給外國人。一盒菸賺到的錢可能十倍於他的月薪。博物館裡的解說員私下為觀光客做翻譯。月薪二十美元的教授離開了研究室，工程師離開了工廠，小學老師離開了學校。為我們開車的一對夫妻，五十多歲，原來是工程師和老師，現在開一輛破舊的小車，每天在觀光飯店附近尋找客人。從旅館到機場的車資給了他們二十美元，已是一個資深工程師的月薪。

農人在田裡犁田；兩頭黃牛拖著木犁，人在後頭推著走。正午十二點的太陽曬著。老農叫阿提拉，只有五十四歲，但有心臟病，所以提早退休。一個月領九十二披索退休金（四．六元美元），不夠活，所以又來種地，地當然是國家的，他偷偷來種，還用鐵絲圍了起來，誰也不知道是「竊據國有地」。他種了豆子，有了收成就拿到市場去賣。

「國家欠我的，」人們覺得，所以從公家工廠裡偷一盒菸出來賣或者挖一塊地來種，都是臨機應變的正當行為。揩公家的油來彌補自己困窘還有一個特別名詞，叫「左轉」。要懂得「左轉」，在這「非常時期」才過得下日子。

走過哈瓦那老城區是驚心動魄的。三百年來，靠蔗糖和菸草而富裕的西班牙後裔住在這裡，用最昂貴的大理石鋪階梯，用最精美的鏤刻鐵欄做陽台。深藍色的馬賽克洋溢著地中海的風味，細緻的門雕襯脫出閒適的生活情調。上海外灘也許有二十幾棟華麗的歐洲建築，哈瓦那卻是幾千幾萬棟，整個城是美麗的建築博物館。

可是，是如何殘破不堪的博物館啊！一九五九年卡斯楚革命成功之後[31]，就蓄意讓代表殖

31 古巴脫離西班牙殖民獲得獨立後，實際上卻淪為美國的從屬國，受扶植的巴提斯塔政權腐敗不堪，而於一九五三至一九五九年，爆發了古巴革命。以卡斯楚為首的革命組織於一九五九年一月一日取得勝利，建立了社會主義國家。

民文化的老區衰敗，轉而致力於農村建設。共黨執政之後，資產階級大量外移，老區的深宅大院一棟一棟空下來。無產階級搬進去，深宅大院變成大雜院。四十年下來，牆壁倒了，露出裡頭的泥土。窗子破了，沒有補上的玻璃。大理石裂了，東一塊西一塊。鏤花鐵欄鏽了斷了，危險地向人刺來。雕梁畫棟垮下來，散出腐朽的濕氣。壁紙翻下來，露出骯髒斑駁的裡牆。人，像老鼠一樣寄居在這黑影幢幢斷垣殘壁之中。

「觀光客初看我們的老城，都會嚇一跳，」我的翻譯說，「他們都問：你們打過什麼戰爭？我只好笑；我們沒打過仗，只是自然地爛掉！」

在「非常時期」，老城連自來水都沒有了。運水車停在街頭，居民用桶子來接水，然後回到自己住的危樓前，不知是第幾層的樓上有人垂下繩索，打個結，把一桶水慢慢吊上去。

不屬於老城的市中心，殘破得沒有老城那麼觸目驚心，卻也窘態畢露。國家買不起汽油了，公車班數減少了，路上有長長的隊伍等著班車回郊區的家，等到天黑。許多人早上要等三個小時來上班，下了班要等三小時車才回得了家。

等車的隊伍旁有堆積起來又散了一地的垃圾。沒有汽油，垃圾車也沒辦法來收垃圾。家家戶戶的垃圾堆起來，堆得太高了就垮下來。一個老頭，穿得整整齊齊的老頭，看見垃圾堆裡有三個空塑膠袋。他拾起來翻來覆去地看。一定是破了的塑膠袋才有人丟掉，這三個都是破的。他咒罵一聲，仍舊撿起來，帶走了。

街上因為貧窮而帶來的髒，不會使人想到人們的家裡如何乾淨。古巴人對人毫無防禦，每個人都敞開著家門歡迎你進去看，沒有掩飾，沒有祕密，沒有扭捏不安。你可以進入每一家的廚房、臥房、廁所。不管是看哪一家，你發現他們的地板都拖得乾乾淨淨，好像可以在地上揉麵。他們的鍋子，由於用得太久了，都顯得有點薄，但是刷得潔白光亮，沒有一點油汙。他們的床，不管是中午還是下午，都整得平平淨淨，而且一定罩著乾淨的床單。他們的冰箱大致空空如也，可是擦洗得清清爽爽，不帶一點氣味。老媽媽坐在廚房裡，桌上一把白米。她戴著老花眼鏡，把白米裡頭的小石子一顆一顆挑出來。

在古巴，連最勤奮苦幹、最會致富的華人都窮得像「教堂裡的老鼠」，這個社會實在「均貧」得夠徹底。在五九年革命解放之前，這白人殖民的貧富不均的社會，五九年之後變成一個自主的但是均貧的社會。這究竟是進步還是退步呢？

有些進步是眾口皆碑的。卡斯楚在一九六一年展開消滅文盲運動，動員了二十七萬人深入窮鄉僻野教了一百萬人識字。今天第三世界小國古巴的文盲率比超強美國低百分之〇．三。在如此貧窮的國家裡，每六百個人有一個醫生，嬰兒死亡率只有千分之十五，可以與先進國家相提並論。人民的平均壽命高達七十三歲。卡斯楚的社會主義有不可抹煞的成就。

然而，和許多其他國家的共產領袖一樣，卡斯楚也是一個墮落的英雄，從理想走向理想反面，從反獨裁變成獨裁。一九五三年，二十七歲的青年律師卡斯楚率領著學生攻進軍營，與獨裁者巴提斯塔誓不兩立，他是如何的意氣風發，代表著正義，代表著真理，代表著人民的力量。當巴提斯塔的軍事法庭審判他時，他面帶微笑，口若懸河，說「歷史將判我無罪」，又是如何的勇敢自信，使全世界為他風靡。

一旦他自己掌握了權力，他就變成了壓迫別人獨裁者。成千上萬的古巴人往外逃亡，異議分子不是被關就是被放逐。古巴的作家告訴我，「每五個古巴人就有一個是祕密警察。」翻譯告訴我，他也有朋友在接觸了地下人權組織之後就「失蹤」了，已經失蹤三年。當我問木匠阿曼對卡斯楚的看法時，他眼睛一睜，「你是祕密警察嗎？」聲音立即小了下來。表面上人人都在為生計奔走，在看不見的地方，有白色的恐怖。

生活是困苦的，政治是恐怖的，但是古巴人是熱帶民族。來古巴之前，我已經覺得有點難以想像共產主義的古巴。講西班牙語的民族，發明了倫巴、曼波、恰恰恰的民族，愛喝酒唱歌縱情享受的民族——怎麼和共產主義結合呢？認識了古巴之後，發覺這樣想的不只我一個。

幾個長頭髮的年輕人坐著喝啤酒。一個說：「共產主義是蘇聯人搞的東西。他們是冰天雪地裡的動物，什麼都是硬邦邦的、悲壯嚴肅的。卡斯楚出了一個大紕漏：他忘了我們是拉美人。」

另一個說：「我們的共產主義是逗笑的。」

另一個摸摸肚皮說：「不是逗笑，是飢餓的。」

於是我說：「你們很快就會成為世界唯一的共產黨國家，也許應該就現狀保留起來，作為共產主義博物館?!」

三個人同時轉過臉來面對著我，異口同聲說：「這個玩笑開不得！」

畢竟還是椰子樹下愛跳舞愛音樂的民族。每天照例停電數小時，人們會湧向街上，無所事事地坐在門口階梯大聲地笑談。孩子們打著赤腳在廢墟上打起棒球。球，是個軟木頭塞；棒，是廢銅爛鐵堆裡撿來的木柴。叫「全壘打」的歡呼響遍街頭。老頭們湊上四個就在街心擺上一張小方桌，坐在缺了腿的木椅或運貨的木盒上，打起牌來。四個老頭坐著打，肯定有八個老頭站著看。海灘上，不要付錢的清風吹著，明月亮著，情侶一對一對依傍著散步。一個樂隊組合了起來，就在一棟破舊似鬼屋的房子前頭，面對著大海，乒乒乓乓敲打起來。路過的人全扭著身體邊舞邊走……

小會計曼努爾

我是印刷廠的會計，三十八歲，離過婚，有一個五歲的女兒，跟她媽住在城外。

我們用的機器，你看見的，都是一百年的老機器了。在國外聽說只有在博物館裡看得見，我們還每天用著。要是壞了，也沒有零件，我們得自己想辦法。古巴人每天都在「想辦法」。你看我們的「瓜瓜」公車，車頭是卡車，車身是巴士。那是因為，卡車的車身壞了，不能修；巴士的引擎壞了，也不能修。那怎麼辦？把卡車頭加上巴士身，就變成新的公車了。也不是不行。

我的工資每個月兩百六十九披索。一件短褲要二十五披索。我週末去看看女兒，總想給她帶瓶牛奶去，一瓶就要二十五披索。你說夠不夠呢？

我每天空著肚子去上班，因為沒有早餐可吃。沒有牛奶，麵包一天只有一個。現在糧食的減少已經嚴重地影響到家庭關係。有些人下了工回家——做工的人很消耗的，回家發現他的一塊麵包已經給別人吃了，或者是兄弟或者子女，他就很生氣，因為他很餓。人快要為爭食物而打架了。

我跟我媽和妹妹還有妹妹的女兒住一起。我媽每天從早到晚就管一件事：怎麼樣找到吃的東西來餵飽我們。

下了班以後？以前，我都和朋友去小酒館喝杯酒啊，到露天的舞場聽音樂、跳跳舞。每個月也一定會省下一筆錢，和朋友到小夜總會去看表演。古巴人很重視夜生活的。

「非常時期」開始以後，這些地方全都不能去了，因為他們只收美金，只對觀光客開放。我們這些規規矩矩賺工資的人，一個月的工資等於十三塊美金，你想我們去得起嗎？

所以現在唯一能做的，就是和朋友逛大街或者逛海濱。你沒發現街上遊蕩的人很多？一是因為政府要節約能源，每天停電，停電只好到外頭去。二是因為我們的披索使我們無處可去。

解放前說是貧富不均有兩個階層。現在啊，簡直就是南非的種族隔離。你住的觀光旅館，我們古巴人是不准入內的。我覺得活得很沒有尊嚴。

卡斯楚說，全是美國人害的。現在沒人相信了。有能力走的人都走了。九四年，多少人淹死在海裡，為了偷渡去美國。我要能走我也走。

現在有一個女朋友，可是不能結婚。因為我沒房子，她也沒有。結了婚也不知道要住哪裡。我們很多朋友都離開了他們的工作單位，自謀生路去了。你看前面那個警察攔了一個人在查他證件。警察的權力在這裡還是很大的。他如果抓到你離開了工作單位，可以送你去坐牢。

不過現在人們也管不了那麼多了。工資養不活人，只好走。去給觀光客踩三輪車所賺的小費也比我的工資多，怪得了誰？

你看我姪女的牙齒都爛了，她今年十三歲。七歲以上的小孩就喝不到牛奶，牙都爛光了。我們什麼維生素都沒有。你說你看到一個快餓死的人，告訴你，再這樣下去，要餓死的人會越來越多。

黃昏唐人街

如果不是活不下去了

如果不是活不下去了，中國農民不會離鄉背井、蹈入煙海吧？一八四〇年，林則徐在廣東的海灘上焚燒鴉片；六十個官員指揮著五百個苦力，燒了二十三天才燒完。

當白煙滾滾遮了天空時，中國的官員還不知道中國已經進入劇變的時代，鄉下不識字的農民卻在以身家性命做最後的賭注：他們早已在劇變中。農村經濟的破產迫使成千上萬的農民往外逃生，開啟了半個世紀的「契約華工」流亡史。

正是歐洲帝國殖民主義全盛的時候。白人在強取豪奪而來的土地上深耕密植，需要大量的苦力，四處招買。活不下去了的中國農民或者自願或者被擄被迫，與「蛇頭」簽定了賣身契約。人，像豬一樣地買來賣去，於是稱為「豬仔」。一八五五年，澳門有五家「豬仔館」，專門販賣人口；二十年後，增加到三百多家。新加坡的「豬仔館」甚至是政府批准的。一有需要「豬仔」的消息傳來，人口販子立即進入大陸農村或買或騙或綁架，最後塞上輪船，駛進大海，十九世紀中到二十世紀初半個世紀中，有七百多萬中國人被賣到海外。

即使是在帝國主義橫行的十九世紀中葉，這也不是件理所當然的事。英國已經在一八〇八年立法禁止人口販賣；英國船艦在加勒比海上巡邏，抓到人口販子時，馬上予以絞刑。西班牙於一八一七年，美國在一八六五年南北戰爭後，都廢除了人口的買賣。也就是說，那成千上萬在澳門、香港、廣州、汕頭被賣出的中國農民登上的都是走私船。

人，被鎖在艙底。在大海的顛簸中，像豬一樣擠塞到最密的程度，不能動彈。擋得住飢渴的人也擋不住疾病，病死的人就被抽出，拋向大海。在一八五〇到五六年的短短幾年裡，共有十二艘船駛往拉丁美洲，共載了三千九百三十一人。中途被打死、病死的，將近一千人。

一八四七年七月二十九日，第一艘這樣的「豬仔船」在哈瓦那靠了岸。是條小船，上來了兩百零六人；當然，在航行的海上煉獄中已經死了一百個人。這兩百多個中國苦力上身赤裸，背上全印著一個「C」字，代表「古巴」。他們一上船就被打上記號，像豬牛被烙印一樣。

岸上，白人買主焦急地等著。這個時候，古巴是全世界最富的殖民地，糖業鼎盛。綿延至天際的甘蔗田等著苦力的工作。華人被剝光了衣服，檢查身體。身體健康的，一個人頭賣十塊披索，由買主領走。

逐漸地，這些出生在廣東鄉下的農民了解了他面臨的未來。從十二月到五月間，他必須一星期七天、一天十三、四個小時地在甘蔗田裡做苦工。每月工資四個披索，但他得先償還龐大的路費。頭兩年，他因此沒有工資。他的賣身契是十四年。如果試圖逃走，他可以被吊死。

「豬仔船」一艘一艘駛進哈瓦那的港口。一八六一年，哈瓦那有三十五萬華人。在三十五萬華人中，只有五十七個女性。十四年前第一批入港的華工在這一年解除了契約，得到了自由。他們便像全世界各地流散的華人一樣，開始經營小生意：餐館、洗衣店、雜貨買賣。當生活有了一點點著落，就寫信回家，把留在家鄉的兒子或兄弟姪兒招來幫忙。

在一八六八至七八年的古巴獨立戰爭中，許多自由華人加入了「古獨派」的軍隊，和西班牙殖民政府作戰。最有名的是Teniente Tancredo（華文名字已不可考）。他受重傷，被西班牙政府軍逮捕。西班牙軍人稱他為「苦力」要放走他時，他從軍裝口袋中取出文件，證明自己是「古巴解放軍」的高級軍官，不是一個無名的中國苦力，「射吧！」他說。

一百年後，在卡斯楚所豎起的革命紀念碑上還有兩行小字：「在華裔古巴人中，沒有一個革命的叛徒，沒有一個革命的逃兵。」

一萬個華人在哪？

一九九七年，距離第一艘「豬仔船」上岸正好一百五十年。古巴的人口統計說華裔佔總人口百分之〇・五，也就是五萬人。如果百分之二十的人口住在哈瓦那，那麼哈瓦那就應該有一萬個華人，可以是一個小有規模的唐人街了。

有這麼多華人的城市，為什麼我這麼引人注目？正在上課的學童轉過臉來大叫：「中國人！中國人！」路上的女人睜大了眼睛注視我，目不轉睛。男人緊跟上來，「中國人嗎？你是中國人嗎？」

奇怪，哈瓦那有自己的華人，卻是一副沒見過華人的樣子。在街上晃了好幾個小時，也確定沒見到一個亞洲人，連成群結隊的觀光客中都看不到東方的臉孔。怎麼回事？那一萬個古巴華人在哪？

在唐人街吧?!唐人街，卻只是兩條交叉的路，總共不到兩百公尺。街心上空架著裝飾性的紅色木條，點出拱門的意思。三五家飯館，沒什麼客人，倒是街上的攤販，有一點點生意。攤子上寫著笨拙的中國字：「味香色美，中國風味」、「陳記」、「雜碎」、「炒飯」。攤子上賣的東西，卻是我這個華人認不出的東西。幾段油亮的肥腸，幾個麵粉裹炸沾滿蒼蠅的甜食。認得出的是飯盒，粗紙糊成的盒子，裡頭盛滿了醬色的飯，飯上蓋著一片薄薄的煎豬肉，一小撮包心菜。冷的，一盒十五披索。

轉角處有一個蔬菜市場，菜色也數得出來：番茄、包心菜、蔥、馬鈴薯、大豆，沒有了。水果只有一種：橘子。這是唐人街的市場，已經是最豐富的了。外邊一般的市場，連番茄都只有爛的，給人的印象是，除了一把一把的蔥之外，沒有吃的。

來來去去走幾趟，就在唐人街，發現自己竟然仍是人們注視的目標。這個唐人街，竟是一個看不見唐人的唐人街！街上穿梭來去的，或白或黑或混血，都是一般古巴人。連那食客和站在攤子後頭賣「雜碎」的人，都難得看出華人的臉孔。那賣飯盒的年輕女人長得豐滿肥腴，完全一副熱帶南美女郎的長相，她對我露齒一笑。站在「味香色美」、「陳記」後頭那個是黑人和他黑白混血的老婆。

好不容易看到一個華人老太太，坐在餐廳裡剝豆子，已經注視我很久，正等著我發現她。湊近一問，她講廣東話，無法溝通。她非常失望地叫來了兒子，兒子也說不出什麼，卻拾起一枝筆，寫了一個字：「高」。

「高」，這顯然是他家族的姓。

在街邊的石階坐下，看流動的人來人往，都是古巴人；女人穿著緊身的韻律服，展露多肉的軀體，男人卻乾乾瘦瘦。偶爾走過一兩個華人，都是年老的男人，步履蹣跚地走過。除了餐館裡那一個老太太母子，我沒見到一個中國女人，沒見到一個中國孩子，沒見到一個年輕華人。難怪，古巴的孩子們追著我叫「中國人！」

但是，那一萬個華人到哪兒去了？

落葉飄零

中華總會的主席周一飛先生讓我看他們最新的統計。在哈瓦那，五〇年代末來到古巴仍保留中國籍的有一百零三人，加入了古巴籍的有一百三十三人。華裔，也就是父母雙方或者一方是華人的，總共約有兩千人。這兩千人中，大概只有二十個還會說廣東話。古巴全國大概有三千兩百多個華人。

「三千兩百？」我大吃一驚，「不是說有五萬華人嗎？」

周先生笑了，「那是指血統，五萬古巴人有中國血統。」

三個晚上之後，我和四位古巴作家見面。作協副主席艾瑞斯先生有著典型的西班牙名字，卻對我鄭重宣布：他的爺爺是中國人，在中國出生，十二歲被帶來古巴。他正想透過中國使館幫助他尋根，徹底找出爺爺的原鄉和身世。另外三位，每一位都有一個先輩是華人，不知是哪一輩，不知名不知姓不知來處，但是有一個華人先輩。

與我的翻譯第一次見面。她摘下墨鏡，用手指拉長了自己眼角，說：「我的曾祖母是中國人。」

原來五萬所謂華人，只有三千人看起來還像華人，真正還能說中國話的不到五百個人。而這四百多「真正」華人的平均年齡是七十九歲。

這些數據對我解釋了為什麼哈瓦那的唐人街上看不見幾個唐人。長期地缺乏華人婦女，華工遂大量與本土人結合。五〇年代來了最後一批華人，多半因為已在古巴的父執親友的召喚而來。這一輩人也已逐漸凋零。他們的下一代，多半已與中國語言和文化完全脫節，納入古巴的大混血。再過幾個春秋，平均年齡七十九歲的一代人逝去，哈瓦那的唐人街上將看不到一張華人臉孔、聽不見一句華語；只留下一些不典型的春捲、飯盒。走在街上的人們依稀記得自己曾有過來自東方的祖輩。

我不能不想起在中國發現的猶太人後裔，已經完全被中國人同化，但是不吃豬肉。至於為什麼不吃豬肉，不再有人記得；那只是祖上傳下來的習俗，依樣畫葫蘆吧！

對於這樣一個前景，老一代的古巴華人是不情願而感傷的。中華總會有一個小小的中文圖書館，也開班教漢語，雖然學生只有二十來個，過農曆年和十．一國慶還舉辦一點聯誼活動。最令人驚異的是《光華報》的存在，一個發行五百多份的中文週報。十二月分最末一期的刊頭語這樣開始：

臘鼓頻催，新年的步伐已踏進門檻，這雖然只是時間的更換，但我們作為炎黃子孫卻特別感到欣喜的，過去一年，祖國的成就是百尺竿頭，更進一步……，今天，中國已經從一向屈辱於世界列強之前、任人宰割的國家，一變而成為世界強國之一，在國際發揮重要作用，變成舉足輕重的東方民族了。

作者是《光華報》的總編輯馮嘯天，五〇年代初受叔父之邀來到古巴。「來的時候，身上只有兩塊美金，十年之後我有了四個工廠。」聽到這，像是典型的華裔發跡故事。不，這是卡斯楚的古巴。一九六八年，所有私營企業收歸國有，馮嘯天失去了一切。

在陳舊而暗淡的印刷廠，馮嘯天靜靜地說：「我的生命只有兩個字可以形容，就是失敗、失敗。我要回去，回中國去。」

望著他花白的鬍髭，我說不出心想著的話：在中國，你的工廠就不會被收歸國有嗎？

周一飛兄弟來古巴時只有十二、三歲，說廣東話。成長之後，在極其困難的環境中自修學習說國語，中華總會的書記張自佳來自廣東恩平。四九年到古巴時只有十九歲，現在兒子已經十九歲了，「妻子是古巴人嗎？」我問。

「是古巴人，但不是妻子，沒結婚。」

「同居二十年，為什麼不結婚？」

「古巴女人嘛！」他笑笑。

因為是古巴女人，所以不和她結婚？果然如此，在和古巴女人同居了十幾年，生了兩個孩子之後，張自佳在八九年回到廣東家鄉，和一個中國女人正式結了婚，生了孩子，又隻身回到古巴，回到古巴女人身邊。

「我沒有騙古巴女人，她也知道的。中國人嘛，總要落葉歸根的。」

我大概是以難以理解的表情看著他，使他有點靦腆地看向門外，這落葉歸根有什麼樣的魔力呀，讓一個人在異地活了五十年，和一個女人同床共枕二十多年，為人夫為人父之後，仍舊要拋開一切回到他出發的起點？他究竟是無情還是多情呢？

但是張自佳一時是回不了家的。一張最便宜的機票要近兩千美金，也就是四萬披索。一個哈瓦那大學教授的月薪是四百披索。如果中華總會書記的月薪也有那麼多，而且能夠不吃不喝不用，他也得累積八年才能買一張機票。實際上，恐怕二十年也不夠。

九一年，不再是共黨國家的東歐與俄羅斯中斷了所有和古巴的物資交流，使古巴突然陷入斷炊絕境。卡斯楚政府宣布全國進入「非常時期」，開始糧食限量配給。在別的移民國家，華人通常是最富有的少數民族，但是古巴是個共產國家，華人和別人一樣的一無所有。個人糧食簿上的每月供給少得令人心酸：

白米　三公斤

糖　　三公斤

食油　兩百五十公克（已半年未發）

布料　無貨

麵包　一天一小塊（比小孩拳頭小）

雞蛋　一星期三個（很久、很久沒見了）

咖啡粉　四百公克

只有病人和七歲以下的兒童可以分到牛奶。魚肉久已不見。政府有肉供應時，一個人可以分到四分之一公斤，去晚了也就沒有，得再等半年十個月。

「我以前還可以寄點錢回廣東，一年可寄兩百七十披索（十四美元）。現在不准了。」

「你對卡斯楚看法怎麼樣？」

「最好是走向民主啦，像智利、宏都拉斯。不過我們是外國人，跟政治沒關係。」

張自佳抽了口菸，想想，又說：「現在中國富了，沒有人來這了。我很懷念中國。」

街上隱約傳來樂聲。這是倫巴、曼波、恰恰恰的國度，我卻依稀聽見嗩吶高昂的音樂。真是嗩吶嗎？很可能是的。幾十萬身上烙了印記的華工中，有人曾帶了支嗩吶來，現在成了古巴嘉年華會中不可或缺的樂器。只是在黃昏的唐人街，那若斷若續的嗩吶聲令人想起遙遠的黃土高原；燈一亮，突然恍惚不記得身在何處。

躺進抽屜裡

華人死後也不和古巴人共葬一處。「中華總義山」在哈瓦那西南角。不遠的古巴人公墓修整得整齊乾淨，有八十萬個墳，全在一處，是拉丁美洲最大的墳場。古巴的歷代革命先烈都葬在裡頭，進去得付一塊美金門票，儼然是博物館。

華人公墓在一個安靜的角落，像一個落寞的莊園，由幾個白髮老頭守著。從邊緣荒煙蔓草中的墳墓看起。石碑已被時光磨損，看不出字跡來。只有一座，模糊刻著「歿於同治元年……」同治元年，那不是一八六一年嗎？

一八六一年，正是第一艘船上的華工在賣身十四年之後重獲自由的一年。這個人，姓誰名誰來自廣東哪個村子，難道在十四年的苦工之後來不及享受自由就倒了下來？他的親人可知道他最後的下落？有誰又知道他最後的願望？他受盡苦難的臉朝向哪個方向？

處於中心的是幾座公墳。左手是「國民黨員公墳」，立於「中華民國四十一年」。右手是「中華社會黨員公墳」；兩座墳平靜地面對，共有一條長著青草的小徑。

「陳穎川堂公立墳場」立於民國十九年：

穎滸設新塋　牲醴潔陳慈善會

川流歸故國　鵑聲啼罷短長亭

「江夏堂先友墳場」上還留著一枝塑膠花，掉在石板上：

江岸送歸魂　白衣萬人　綠波千頃
夏祠供祭禮　青芻一束　玄酒三杯

什麼人來這裡親手埋葬了他的兄弟：

南遷亡兄　壯志未酬　遽爾先歸地府
陽居昆仲　致誠奉祀　望汝早登天堂

這些早期死亡的人，顯然都還埋進了土裡。立了石碑、刻了輓聯，哀切優美的文字像一隻溫暖的母親的手。近期二、三十年過世的人就已不再入土，而用了西班牙——古巴式的葬法。一整面牆，大約三公尺高。牆裡是一格一格的「抽屜」，人躺在「抽屜」裡。橫的縱的，一面牆可以裝下五六十個棺材「抽屜」，一個疊一個，前面用水泥封上。

在八十公分長、八十公分寬的白粉標了號碼的「抽屜」面上，有人用手塗上黑字：

蔣緒纏　廣東新會梅閣連安村人
楊惠明　廣東開平塘口胜平市人
李國偉　廣東高要宗隆鄉二冷水村人……

沒有一個讓人得到一點安慰的字眼。在他們的家鄉裡，他們的墓碑上少不了「顯考」、「慟於」、「不孝子」、「在天之靈」等等文明世界用來彼此撫慰的文字。這些在異國的天空下躺進「抽屜」裡的人們只有一個號碼。

或許，寫下原鄉村里的地名對他們而言已經是最大的安慰。不能「生於斯、死於斯、歌哭於斯」，地名至少表達了一個綿長未了的心意。

人在生時將鑰匙、照片、針線、眼鏡和信件，所有生命的蛛絲馬跡都放進抽屜；在這裡，人最後將自己的軀體也放進一個抽屜。再也不打開的抽屜。

一枝白玫瑰

1

在我攤開地圖的時候，他們說：「你找什麼？我們可以幫忙嗎？」

哈瓦那最寬敞美麗的大街，陽光照亮了他們咖啡豆色的裸露的皮膚。金童玉女似的，男孩子摟著女孩子的細腰，對我露出細白的牙齒。

我其實不找什麼特定的地方，而是在找我自己！確定了自己的位置，也就認得了一座城市吧。但是你們可以告訴我哪兒是古巴人愛去的酒館，讓我避開觀光客的人潮。

我們離開大街，折向巷道，氣味和色彩陡變。在觀光飯店背面的陰影裡，漆自牆上剝落，木板因陳舊而斷裂，鐵欄杆布滿鏽色；光著胳臂的男人從三樓垂下一只空桶，讓滿頭髮卷的女人拿去水車要水。垃圾曝置街頭，惹來的蒼蠅停在沒有肉的肉鋪砧板上。不知哪裡流出來的髒水橫流過街，行人踮起腳尖。一隻老鼠沿著牆角歪歪斜斜地摸索前進。

她，哈瓦那大學，教育系。男孩子用英語單字解釋。我，哲學系，一年級。她，沒有父母，祖母養大。跟祖母住。

天色黑得突然，整個哈瓦那黑影幢幢。又是一個停電的晚上，人們從悶熱的房間走出，在石階上坐下；一條街的人，都在獨自發著幽光的天空下。談話的聲音此起彼落、遠遠近近，像海浪的推湧。

父母怎麼了？我看著女孩清澈的大眼；她正喝著啤酒。

死了，生病，她小時候。所以很窮，要做工，讀書，男孩子叫了一杯可樂。我們要讀完大學、結婚、到美國去。

要付帳的時候，女孩子起身，說「等一下」。在櫃台拿了兩包香菸回來，放在我面前。「買這給我吧？」她說。

男孩子抬起一隻腳讓我看他脫了底的球鞋。給我一點美金吧，他說，我快不能走路了。

連續幾天，我都看見金童玉女在大街上，等著什麼。

2

廣場上有點兒假日的氣氛。露天的咖啡座上一片花花綠綠的遮陽傘，傘下坐著來自歐美的觀光客，穿著涼鞋、戴著墨鏡、展露著海灘上努力曬出來的紅皮膚。小書攤一落一落的，排滿了廣場。一九九七年啊，誰喝得起咖啡、誰買得起書？這假日氣氛全是觀光的布景道具。

書攤遠看形形色色，近看卻只有一種書：古巴革命，古巴歷代革命。只有英雄傳記，反西班牙殖民英雄、反法西斯獨裁英雄、反美帝英雄⋯⋯。卡斯楚和切格瓦拉的照片是書的封面封底、是旗幟、是海報、是襯衫、是鈕釦、是帽徽、是手帕、是圍巾、是杯盤碗匙、是銀幣鎳幣金幣銅幣⋯⋯

革命和英雄，和那花花綠綠的陽傘一樣，都是觀光業的道具。異國情調裡摻進了壯烈的想像，對西方小資產階級調配出多麼不可抗拒的魅力。留著小鬍子的書攤老闆捧著一盤胸針，用拉美男人挑逗的語氣擠眉弄眼地說：

「可愛的小姐，你要卡斯楚還是要切？」

我搖搖頭，不，沒興趣。我想知道的是你們除了革命之外還有什麼別的可賣？（一次又一次的革命豈不意味著一次又一次的幻滅？這是賣革命還是賣革命的幻滅呢？）

小鬍子假作生氣狀，拍自己的腦袋：「可愛的小姐，你太麻煩了，人家美國人來古巴就找這個。」

然後就和所有的觀光客一樣，踱進了革命博物館，古巴的歷史展現在牆上，圖片和文字告訴你，這是一個屠殺史、殖民史、抗暴史、革命史。歷史和照片一樣：黑白分明。白人殘殺土著，地主壓迫農民，殖民者剝削被殖民者，而歷史的前進就由一次又一次的揭竿起義推動。灑了熱血、拋了頭顱的英雄照片被放大到頂天立地，自牆頭俯瞰人群。

我退到房間一隅，自窗口望向藍色的加勒比海，深藍，在陽光下跳躍著萬片碎光，切割著我悲哀的情緒。悲哀，因為一點兒也沒被牆上的屠殺史抗暴史所感動。

陪伴著切格瓦拉在窮山惡水裡打游擊的那隻驢子就站在對面，不是照片，是栩栩如生的被填塞了的標本。載著卡斯楚在翻天大浪裡搶上灘頭的快艇「老奶奶號」就在右側，由衛兵守著，像守護一座神殿。

如果沒有這窗外的古巴，如果我只認得這座革命抗暴博物館，我想我會感動涕零，為那些被欺凌被暴虐的凡人，為那些正義勇敢而純潔的英雄。可是我知道這博物館外面的世界。在外面那世界裡，曾經正義勇敢而純潔的人在很短的時間內變成欺凌暴虐的主使。

連最純潔的革命理想都可能只是一種篡寫歷史的道具。

3

哈瓦那作協副主席艾拉斯（Eduardo Heras León）說，他找了三位當代古巴最優秀的年輕作家和我見面。晚上七點，在我飯店大廳等候。

七點整，向我迎面走來一個男人，長髮披肩，穿黑色襯衫、黑色緊身牛仔褲，褲腳塞進黑色長統高跟皮靴，皮靴上的金屬配件在燈光下閃閃發亮。他的兩隻手腕各套著一只鑲了金屬的黑皮鐲。這樣一個人，比較像刻板印象中重金屬樂團裡歇斯底里的歌手，或是嗑藥縱慾致力於自我毀滅的叛逆小子，總而言之，是那種如果在暗巷相遇會讓人低頭迴避的危險少年。（與我同行的攝影記者事後說：我遠遠看見那麼個人向你走近，大吃一驚，心想是否該出去保護你，後來看到另外還有兩個人，才放心走了。）

這個人虎虎生風走到我面前，一開口，就讓人發覺他是隻披了狼皮的綿羊：「你是應台嗎？我是約斯，Yoss！」

聲音很輕，眼睛很稚氣，有點兒不知所措地站在那裡。

米謝 Michel 較高，明顯地有印第安人血統，膚色像烤得恰好的麵包，眼睛美麗柔和。一束黑髮紮在後頭。

安格 Angel 似乎較老氣，塊頭也大些，不怎麼說話。

去海明威的老酒店嗎？我問。

三個人都搖頭，由會講英語的約斯回答：那兒太貴，太貴了。

最後到了一個他們認為貴得可以忍受的地方坐下。是一間速食店，除了啤酒就只有玻璃箱裡旋轉著的一熱再熱皮都乾掉了的炸雞和漢堡。安格已用過晚餐，米謝叫了半個炸雞。約斯開始大吃；原來的羞赧被克服了，他笑著說：「好久沒吃肉了。」

他吃了一份又一份。只有他真能說英語，於是一面吃，一面抹嘴，一面說話。

我提了幾個流亡西方的古巴作家名字，三個人意見相當一致：「這些流亡作家也許在西方有名，但他們不見得是好作家。西方寵愛他們是由於他們的政治立場，不是由於他們的文學成就。我們並不特別尊敬這些人。

政治，是我們現實生活的一部分，但絕對不是全部。西方似乎有一種簡化的想像：既然是共產國家，就一定得有異議作家，而且只有異議作家，才值得他們注意。

我們三個對於文學表現本身的興趣要遠遠超過對於政治的興趣。在一個高度控制的社會裡——在古巴，人們說，每五個人中就有一個人在為祕密警察工作，可是，在一個高度控制的社會裡，政治以外仍有極端豐富的人生體驗和題材：情慾、貧窮、信仰……

當然我們並不刻意去逃避政治，所以我們三個人都有被查禁或沒人敢發表的作品。像安格就寫了不少古巴士兵在安哥拉的經驗，寫得很慘痛，完全不能被官方接受的，只能拿到墨西哥去發表。

但我們都覺得只寫政治是太窄化人生了。以異議分子面貌去贏得西方注意，更不屑為之。

我愛女人。米謝和安格也是。光寫女人就寫不完呢。」

有人捧著滿懷玫瑰花在兜售，我吃一驚：玫瑰花？每個人每天限糧一個小麵包了，還有玫瑰花，這是什麼超現實主義？

米謝把賣花人喚近，抽出一枝含苞待放的白玫瑰，遞給我，說：

「請原諒，只是一枝塑膠玫瑰。」

他看著我將白玫瑰用絲巾細細包紮，靜靜地說：

「我們都很熟悉李白的詩，中國唐詩。我自己特別愛莊子。但是在哈瓦那簡直不可能找到中國文學的書，不管是古典或當代的。你有什麼辦法嗎？」

唉，讓我想想辦法吧。哈瓦那找不到的東西太多了：肥皂、衛生紙、別針、鞋帶……買一條短褲可以花掉半個月的工資。你想找的卻是李白莊子和中國文學，真是徹底的精神抵抗啊。

4

帶著一枝塑膠白玫瑰回到歐洲，小心地將它插在書架與書架之間。

有些東西看起來是真的，其實是假的；有些東西看起來是假的，其實倒是真的。

一九九七年七月十九日凌晨

菁英和平庸拔河

走過世紀末

我這樣發現了魏瑪

1

二十世紀即將結束的秋天，決定出去走走。帶著一個破舊的行囊，到了法蘭克福火車站。火車站裡熙來攘往。年輕人歪坐在地上，背靠著塞得鼓鼓的登山背包；老年人小心地推著行李車；穿著深色西裝的男人們緊抓著手提箱和當天的經濟新聞報。二十個月台，數不清的可能的目的地：漢堡、柏林、維也納、布拉格、羅馬、巴黎、哥本哈根。有一列車正要開動，我急奔過去，攀上了車門。好極了，三個小時以後就下車，不管它停在哪裡。

坐定了才知道，這是開往柏林的列車。

三個小時之後，火車在一個小站停了下來。這已經是前東德了，但是不管這是什麼站，決定下車。

我這樣發現了魏瑪。

2

一七七〇年的德國還是「春秋戰國」的時代；沒有所謂德國，只有三百個大大小小的公國，各有各的軍隊和法律，公爵和農奴，彼此還玩著遠交近攻的遊戲，戰亂連連。國與國間交通不方便，貨物來往得重重繳稅，連時間都各行其是。西方的法國和英國已經感覺到革命即將來臨的隱隱地震，講德語的這些小國家還在山坳裡繼續著保守的封建傳統。作物歉收時，成千上萬的人要死於饑荒。即使在平常的日子裡，半數的孩子活不到十歲。成人的平均壽命也不超過四十五歲。《格林童話》裡那麼多後母和孤兒的故事，不過是「貧賤夫妻百事哀」的時代反映。

閱讀人口不到總人口的百分之五。而為了對付這百分之五，統治者還使出各種控制手段。詩人舒巴特寫詩抨擊貴族的荒淫無度，被符騰堡的公爵驅逐出境，後來又誘他回國，囚禁了十年。席勒在符騰堡被禁止寫作，「亂邦不留」，只好逃到別邦去發表作品。歌德的《少年維特的煩惱》在萊比錫被稱為「毒草」而上了禁書名單。

但是統治者對思想言論的箝制只是他權力的一小部分罷了；想想看，他還能夠將他的屬民賣給外國當砲灰，每戰死一個兵他可以賺得五六百塔勒。恩格斯描述當時的社會：「……政府的搜括，商業的不景氣……一切都很糟糕，不滿情緒籠罩。沒有教育……沒有出版自由，沒有社會輿論……一切都爛透了……」在這樣黯淡的天空下，魏瑪小城，人口不過六千，究竟怎麼變成一束光，吸引聚集了德語文化的各邦菁英，使山坳裡的德語文學突然提升成氣勢磅礴的世界文學？一七七二年，維蘭德來到魏瑪，七五年，歌德來到魏瑪，七六年，赫爾德來到魏瑪，七九年，席勒來到魏瑪……

維蘭德是洛可可文學的主要代表，出版了德國第一個重要文學雜誌《德意志信使》，寫出了德語文學史上第一部長篇啟蒙小說和第一個不押韻的詩劇，第一個大量翻譯了莎士比亞的作品，給德國文壇帶來極大震撼；他的翻譯直接影響了赫爾德、歌德、席勒的寫作。赫爾德可以說是狂飆突進文學運動的理論導師。他提倡對舊格律和舊形式的打破重來，讓形式去配合自由的思想；他主張任何偉大的世界文學都必須先植根於民族本土。作為康德的學生，赫爾德承擔了啟蒙主義的理性，但是他對情感的強調和對古典主義的批判又醞釀了狂飆突進文學與浪漫主義的發芽。在史特拉斯堡時，一個修法律的學生每天來和他討論文學與思想；他對年輕歌德的影響是直接而明顯的。維蘭德和赫爾德都是德國文學史上承先啟後、舉足輕重的人物。

來到魏瑪的歌德才只二十六歲，一個有法學博士頭銜的暢銷小說作者。前一年才出版的《少年維特的煩惱》轟動了歐洲；義大利教會買了所有的譯本，放了把火成堆燒了。多愁善感的歐洲年輕人抱著書，穿著男主角維特式的衣服，作出維特憂鬱的表情，去自殺。歌德一七七五年攜至魏瑪的行囊裡，已經藏著《浮士德》的初稿，詩劇《普羅米修斯》和劇本《鐵手騎士》。歌德當然不會知道，他將在這個小城裡生活五十七年，歌哭於斯死於斯。而街上引車賣漿的老百姓和宮廷裡附庸風雅的貴族們，恐怕也沒認識到眼前這年輕作家將成為德語文化的火炬，將重寫德國文學史。

席勒逃離獨裁專制的符騰堡公國，成為流亡作家。分裂的「春秋戰國」狀態還真是個幸福美好的時代，對作家而言。席勒離棄了一國，還有兩百多國同文同種的德語國家讓他擇枝而棲，待價而沽；如果碰上個中央集權大帝國，那可就無所逃於天地之間了。思考縝密的席勒在史學和美學上都有重要著作。七九年到了魏瑪，與比他長十歲的歌德開展了德國文學史上最燦爛的古典時期；一七九七年，兩個人都有劃時代的敘事長詩發表，使得這一年被文學史家稱為「敘事詩年」。

3

獨自坐在公園裡一張長椅上，展讀魏瑪史，陽光把晃動的樹影投在書頁上，搖花了我的眼睛。

一七七〇年的魏瑪公國，全國人口不過十萬，軍隊不過數百，突然變成了人文薈萃的中心，過程並不複雜。「成功的男人背後必有一個女人」，安娜・阿瑪麗雅嫁給魏瑪公爵時，將她對文學藝術的愛好也帶來了魏瑪。兒子少年時，她把維蘭德聘來做家庭教師，同時大力推動劇院、藝文沙龍和圖書館的建立。深受母親影響的卡爾王子執政後，第一件大事就是把歌德聘來，以一千二百塔勒的年薪、花園豪宅，還有完全的信任。如果一個戰死的士兵才值六百塔勒，歌德的薪資顯然是可觀的。緊接著歌德把赫爾德引進成為宮廷牧師，把席勒找來發展劇院；思想的開放，人文氣息的濃厚，對文人藝術家的厚愛，使魏瑪小國成為十八世紀德語世界的文化大國。

所以英雄是可以造時勢的。促成了德國文學史上最燦爛的一章的，是一個熱愛文學、尊重文化，而且胸襟開闊的封建貴族。有他沒有他，歷史就是不一樣。曹雪芹過了十幾年「舉家食粥酒常賒」的困頓不堪的日子，五十歲不到就潦倒地死在北京西郊一個山坳裡，「孤兒渺漠魂應逐，新婦飄零目豈瞑」。如果他有一個熱愛文學、尊重文化、胸襟開闊的統治者的支持，中國文學史是不是也可能多出特別燦爛的一章？

啊，對不起，我知道，在歷史裡說「如果」是件無聊透頂的事。曹雪芹的時代已經有它不容「如果」的史實：一七二四年禁市賣「淫詞小說」，禁喪殯時演戲；一七二八年郎坤因《三國演義》而革職；一七三八年禁「淫詞小說」；一七五三年禁譯《水滸傳》和《西廂記》；一七六四年，禁五城戲園夜唱……曹雪芹只能死在他的淒涼荒村裡。雍正和乾隆寫的是一部不同的歷史。

可是那是君主專制的時代，一個個人可以決定歷史。那個人也許是英雄，也許是暴君。席勒在符騰堡因暴君壓迫而失語噤聲，在魏瑪則因英雄賞識而才華奔放。為了避免人治的不穩定，二十世紀的我們終於走到了所謂法治的地步：從前的農奴、工匠、市民、學者，現在都成了「選民」，以投票來決定誰是自己的「統治者」。問題是，這個代表民意的總理或總統或總裁或主席，是否就更能保障思想的自由和文學藝術的發展呢？問題是，假設在一七七五年，卡爾公爵已被推翻，魏瑪要以公民投票來決定是否聘請歌德和席勒，投票的結果會是什麼呢？

4

經過巴哈的故居，經過歌德的圖書館，從他手植的一株來自中國的銀杏樹下穿過，經過托瑪斯曼和托爾斯泰住過的大象旅店，經過李斯特的舊宅，折向西北，沿著一條安靜的老街行約二十分鐘，找到鴻堡街三十六號，就是尼采故居了。他在一八九七年搬進這屋子，三年後在這兒去世，一個飽受痛苦，精神錯亂的天才。

庭院寂寂，一隻棕紅松鼠在大樹間跳躍穿梭。也許在尋找乾果。沒想到房子裡面比外面庭院更冷清。一個訪客都沒有，管理員百般無聊地坐在那兒，好像已成靜物陳設的一部分。歌德故居裡擠著一堆又一堆的學生和遊客，揚揚沸沸，解說員滔滔不絕；尼采何以如此寂寞？

尼采的自述曾經讓我在寒夜孤燈下笑出聲來。在自述裡，他解釋「我為什麼這樣智慧」，「我為什麼這樣聰明」，「我為什麼寫出了這樣的好書」，用一種狂妄的藝術姿態睥睨傳統社會，重估一切價值。我不能不愛他叛逆得徹底。他對自己民族的批判更是淋漓痛快，「凡德國勢力所及之處，文化就會遭到摧毀……瓦格那在德國人中間純粹是個誤解，我也是這樣，並將永遠如此……首先得要有二百年的心理和藝術的訓練，我的日爾曼先生們！」尼采預言，有一天，人們會成立特別的講座去研究《查拉圖斯特拉如是說》，但是「今天還沒有人聽取，還沒有人懂得接受我的東西，這不僅是可以理解的，而且在我看來也是理所當然的。我不想被人誤解，因此，我也不要誤解自己。」

難道尼采，在他曠世的大寂寞中，早已知道他將如何地被他最蔑視的人所扭曲誤解？難道他早已知道他自己就是悲劇的誕生？

住進鴻堡街三十六號的尼采已經是個無法與人溝通的病人。白天他躺在沙發上睡覺；夜裡，來探看他的好友卻聽見他痛苦的喊叫，尼采在房裡用全身的力氣狂吼。第一個「誤解」尼采的是尼采的妹妹伊麗莎白。她掌握了所有的手稿和信件，按照自己的認知加以編撰、修改、重寫。很不幸的，伊麗莎白是個德意志種族沙文主義者，而且有著庸俗不堪的品味。這個女人把自己打扮成尼采的大祭司，接待來自世界各地的尼采崇拜者。

有一天，她邀集了各方客人，屋裡觥籌交錯時，她還戲劇化地把一個布簾突然拉開，讓大家突然看見坐在輪椅中形容憔悴，目光呆滯的病人，尼采。墨索里尼贈她以鮮花禮物，希特勒親自三度來訪；即將躍上權力舞台的納粹在尋找使其政權正統化的理論支柱，伊麗莎白熱切地提供了經她烹煮的美食，尼采的思想變成納粹的國學。鴻堡街三十六號成為一個文化殿堂。尼采被冠上「法西斯」的標籤。

一九四五年，改朝換代了。無產階級專政、人民至上的魏瑪執政者把鴻堡街三十六號從地圖上塗掉，「法西斯」哲學家尼采成為禁忌。他的資料仍存在屋子裡，但在共產黨統治的東德歷史上，尼采已被政治的大橡皮擦整個擦掉。偶爾有外國學者來看檔案，計程車司機必須把每一個前往鴻堡街三十六號的乘客向安全部報告。

是整整半個世紀的遺忘，使那松鼠如此大膽自得，縱橫來去，彷彿牠才是這裡的主人。尼采死後一百年，前五十年被捧為官學，後五十年被貶為偽學。官學偽學當然都不是真正的尼采。「首先得要有二百年的心理和藝術的訓練，我的日耳曼先生們！」尼采的黑色預言聽起來傲慢無比，卻準確地道出了歷史的真相；歷史的真相，或者說，歷史的沒有真相，令人黯然神傷。

那熱愛文學、尊重文化、胸襟開闊的魏瑪，是死在誰的手裡？

5

希特勒和共產黨的權力都是人民大眾所賦予的，不是君權神授，爵位世襲。當人民大眾取代了封建貴族掌權的時候，文化，又怎麼樣呢？魏瑪又成為一個範例。

一九一九年，名建築師葛羅皮雅斯在魏瑪成立了一個新的美術建築學院，叫做包浩斯（Bauhaus）。包浩斯的原意是建築工地上暫時設置的工作房，葛氏以工作房為象徵，推出自己的藝術理念：「視覺藝術的終極目的在於建築。美化建築曾經是美術最重要的任務……，建築師、雕塑家、畫家，必須回到工匠的園地……，我們要創造一個嶄新的未來建築，在其中建築設計、雕刻、繪畫渾為一體。」把美術從冰冷的畫廊裡帶出，帶進人的日常生活空間裡去，是葛氏的美術哲學。很少人料到，包浩斯將影響整個二十世紀的西方美學和建築。

葛氏招了一批志同道合的藝術家來到魏瑪，最有名的包括保羅．克利（Paul Klee）和康丁斯基（Kandinsky）。頭四年裡，瑞士的伊登（Johannes Itten）影響最大。他深受道家和禪宗的啟迪，崇尚美的訴諸直覺而排斥理性分析，並且以禪院裡師徒相授的方式教學，每堂課由打坐和音樂開始。莫侯利—納吉（Laszlo Moholy-Nagy）把結構主義的想法帶來，試圖結合藝術與現代科技。二十世紀最前衛的藝術實驗就在小城魏瑪展開。一支文化的利刃正磨淬它的鋒芒。

魏瑪的居民開始覺得不安；包浩斯藝術家的穿著不符常規，他們的設計光怪陸離，事事背離傳統。魏瑪的父母們要恐嚇啼哭的孩子時就說：「再哭就把你送到包浩斯去。」最致命的是，工作房的藝術家們不是民族主義者。一次大戰的慘敗，《凡爾賽和約》的恥辱，使二〇年代初的德國人自信心盡失，自信心越低的民族越需要講民族自尊。包浩斯裡充斥著外國藝術家，而且他們的藝術理念是世界性的，於是沒多久，魏瑪的大報上就出現了這樣的攻擊文字：「不以民族為本位的藝術就是對祖國的謀殺。」發動攻擊的是魏瑪本地的作家和藝術家，挾著市民的支持。

在這裡，高漲的本土意識向包浩斯的國際意識宣戰了。諷刺的是，反對先鋒藝術的人多半以文化傳統的衛道者自居，而他所捍衛的文化傳統就是歌德、席勒所代表的傳統。奇怪啊，席勒的作品裡有多少批判現狀，挑戰傳統的叛逆，歌德的思想裡有多少對寬闊的世界文學的嚮往，到了衛道者的手裡，全變成了自衛性的傳統，像泡在福馬林防腐劑裡的偉人屍體需要士兵的捍衛。

一九二五年，魏瑪已經成為反猶排外的納粹黨的根據地；包浩斯被迫解散。歌德的小城終於失去了最後一次發光的機會。

6

沒有光，只有濃煙滾滾，從大煙囪裡呼呼噴出，遮蓋了魏瑪的天空。

一九一九年，包浩斯的藝術家選擇了魏瑪作為他們美學的烏托邦，剛剛推翻了封建帝制的德國共和國——德國歷史上第一個共和國，也選擇了魏瑪召開國會，作為民主的烏托邦；是為「魏瑪共和國」。共和國的結局是悲慘的。在亂局中人心求治，強人一呼百諾，魏瑪人支持納粹的比例特別高。一九三七年，納粹設置了一個集中營，殺人滅跡的煤氣爐、焚化爐，一應俱全；地點，又是魏瑪。

地面上屍橫遍野，天空裡濃煙滾滾。這是哲學家與詩人的國度，這是掙脫了封建桎梏，人民做了自己主人的時代。

我在二十世紀末見到魏瑪，一個安靜樸素的小城，商店裡賣著各形各色歌德和席勒的紀念品。沒有劍將出匣的隱隱光芒，沒有蠢蠢欲動的躁熱不安；看不出，它曾經撼動歐洲。

7

推翻了帝王貴族，我們得到獨裁者。推翻了獨裁者，我們得到大眾，同時得到最貼近大眾因此最平庸，或說平均，的文化品味。當年，如果要公民投票來決定歌德和席勒的去留，來決定瘋子尼采的命運，平庸主義恐怕是最後的勝利者；民主的傾向就是向平庸看齊、靠攏。但是，一個以平庸的標準為標準的社會，能想得多深，看得多遠？平庸主義以大眾之名對菁英異類的壓抑和符騰堡公爵對席勒的壓迫有什麼根本差異呢？

準備離開魏瑪，在旅店付帳的時候，掌櫃的答覆我的提問，說：「那當然共產黨時代好囉！吃大鍋飯，沒有競爭，大家都是好朋友。現在呀，有了自由就沒有安全，這種自由太可怕了。」

我抬頭仔細看看他，是的，日耳曼先生，請問往火車站和往尼采故居是不是同一條路？

龍應台作品集 12

這個動盪的世界

作　　者	龍應台
圖片提供	龍應台
編輯副總監	何靜婷
主　　編	尹蓓芳
封面設計	陳文德
內頁排版	栗子
地圖構成	栗子
董 事 長	趙政岷
出 版 者	時報文化出版企業股份有限公司 108019 台北市和平西路三段二四〇號七樓 發行專線 （02）23066842 讀者服務專線 0800231705 （02）23047103 讀者服務傳真 （02）23046858 郵撥 一九三四四七二四 時報文化出版公司 信箱 一〇八九九 臺北華江橋郵局第九九信箱
時報悅讀網	http://www.readingtimes.com.tw
法律顧問	理律法律事務所 陳長文律師、李念祖律師
印　　刷	家佑印刷有限公司
初版一刷	2024 年 2 月 2 日
定　　價	新台幣 450 元

（缺頁或破損的書，請寄回更換）

時報文化出版公司成立於一九七五年，一九九九年股票上櫃公開發行，二〇〇八年脫離中時集團非屬旺中，以「尊重智慧與創意的文化事業」為信念。

Printed in Taiwan

這個動盪的世界 / 龍應台作 . -- 初版 . -- 臺北市：
時報文化出版企業股份有限公司，2024.02
面；　公分 . --（龍應台作品集；12）
ISBN 978-626-374-895-8（平裝）

863.55　　　　113000530